トリガー【trigger】①銃の引き金、（爆弾などの）起爆装置、（誘発する）刺激・誘因　②殺し屋〈=triggerman〉

トリガー

板倉俊之

装画　高橋ツトム
装幀　井上則人デザイン事務所

目次

CONTENTS

序章

東京都新宿駅——。鳩の糞を被《かぶ》った時計の針は、すでに午後九時七分を指している。にもかかわらずホームは混雑しているが、この東京のど真ん中で、それを疑問に思う者はいない。

片手で小説を読むサラリーマン。携帯電話のボタンを忙しく連打するＯＬ。少年マガジンを食い入るように読む男子学生——。

人々は列をなし、電車を待っている。

どうやら座れそうだな。

黒のスーツに身を包んだ男は、先頭に立つＯＬらしき女から自分までの人数を、目で数えた。

春とはいえまだ冷たい風が、男の無頓着な黒髪を揺らす。

駅員の、まるで聞き取ることのできないアナウンスが流れ、度が過ぎる音量の警笛が鳴る。

ホームに侵入してくる電車の刺すようなライトに、よく周りの人間から「何を考えているのか読めない」

と言われる目をしかめた。

銀色に青いラインの入った電車が、減速を始める。焦りを隠しながら、一斉に車体との距離をつめる人々。その行為が無意味だということを知っている男も、問答無用で前へ押し出された。

と、週刊誌を小脇に抱えた中年男が、何食わぬ顔で列に並んでいる人々を追い抜いていく。列の先頭で電車が巻き起こす風に髪をなびかせるＯＬの、すぐ隣で足を止めた。

レールに擦《こす》れた車輪が軋《きし》む。ドアが開いた。中年男は、バスケットボールを丸飲みしたかのような腹でＯＬを押しのけ、真っ先に車内へと入っていった。

ＯＬは点字ブロックにヒールの踵《かかと》をひっかけてよろめいたが、横にいた若いサラリーマンが支えになり、転ぶには至らなかった。

目は合わせずに軽く頭を下げると、ＯＬも車内へ入っていった。後に続き、皆ドアから飲み込まれていく。

開いたドアの向かい側、角の席。悪びれる様子もなく週刊誌を広げる中年男に、皆冷ややかな視線を向けるものの、その不満をぶつけることはない。

車内に足を踏み入れた黒いスーツの男。勘定通り、まだ席はいくつか空《あ》いている。が、そこには座らず、中年男の前に立った。

「おい、お前。今すぐその席を立つか、死ぬか決めろ」

見下ろしながら、感情のない口調で言った。

人気女子アナの不倫スキャンダル。熱心に読んでいたページの上に、黒スーツの男の影が映し出された。

声と影の主人を見上げる中年男。

「若造が、偉そうに……」

舌打ちをしながら首をかしげ、またくだらないゴシップ記事を読み始めた。

警告は一度。執行猶予はない。

黒スーツの男はズボンのポケットから出した右手を、上着の中に突っ込んだ。間もなく、右手とともに姿を現したのは、黒光りする拳銃――。

ペナルティーを課せられなければ、恐怖を突きつけられなければ、他人《ひと》のことなど考えられない人種。この手の馬鹿は何十年生きたところで、自らの行いが『悪』であることに気付かない。故に必ず繰り返す。哀れといえば哀れ。が、これ以上、被害者を生み出すことを、許しはしない。

黒スーツの男は、中年男の胸に照準を合わせた。

週刊誌に映る影の変化に、中年男は再び顔を上げた。消え失せる表情――。

車内に爆音が鳴り響いた。

火花を潜《くぐ》り抜けた弾丸が、脂肪の厚い肉を食い破り、胸骨を砕く。ねじれ込んだ心臓の内部で、ようやくスクリュー回転が止まった。

弾かれたように、銃声の発信源に視線を移す乗客達。床に落ちた薬莢《やっきょう》の音が車両全域に聞こえるほどの静寂が訪れた。

胸から流れ出る血の赤が、ポロシャツの黄色をみるみる浸食していく。

「あ……あ……」

何かを言いたげな表情。しかし肉体はすでに、その機能を失っていた。

眼球が飛び出しそうなほど開かれたまぶたが、ゆっくりと閉じられていく。中年男は手すりにもたれかかるように、ゴンと側頭部を打ちつけた。

床に落ちた週刊誌が乱暴に閉じられると、血まみれの体は一切の動きを停止した。

若い女の鼓膜を切り裂くような悲鳴が、静寂を打ち破る。それが合図となり、一斉にパニックに陥る乗客達。頭を抱えかがみ込む者。ホームに飛び出す者。隣の車両に駆け込む者――。

鼻をつく火薬の匂いを感じる余裕があったのは、一人の人間の命を消し去ったばかりの男だけだった。

「……」

まだ銃口から煙を吐く拳銃を、胸のホルスターに戻した。

死体の襟を掴《つか》んだ。男は表情ひとつ変えず、まだ開いているドア付近までそれを引きずると、発車ベルの鳴り響くホームに蹴り出した。

それを見越していたかのようなタイミングで閉まるドア。電車が走り出した。

異様な空気の流れる車内――。残っている乗客は例外なく、逃げ遅れたか、腰を抜かし逃げることすらできなかったか、どちらかに分類される。

がらりと空《あ》いたシート。つい先ほどまでは座るために並んでいたはずなのに、誰一人として腰かけることはなかった。

男は、決して自分と目を合わせないよう背を向け息を潜《ひそ》める乗客達を見渡した。

「……」

少し、申し訳ない気分になった。

床に落ちた週刊誌を網棚に放り投げ、幸い血のつかなかった席に座った。

駅に着いた。ドアが開くと同時に解除される、それぞれのポーカーフェイス。『監禁』から解放されたすべての乗客が、ホームに向かって走り出した。

それと入れ替わりで乗車したのは、何も知らない乗客達。床に擦《なす》りつけられた血痕には目もくれず、座席の争奪戦を繰り広げる。

最後に乗車したのは杖をついた老人だった。えんじ色のセーターを着た老人は杖から片手を離すと、男の斜め前の手すりに弱々しく掴まった。

「どうぞ」

男はすぐに席を立った。

「どうもご親切に。ありがとうございます」

しわだらけの顔に笑みを浮かべ、老人は嬉しそうに席に着いた。


車内は満員になっていた。

痩せ型の男でさえ暑いと感じる熱気が、白いYシャツに汗を滲《にじ》ませる。

ドアにもたれかかりながら青いネクタイを片手で緩め、曇った窓ガラスの水滴を指で拭《ぬぐ》うと、その隙間からビルだらけの景色を眺めた。

ふと遮《さえぎ》られた視界。顔に新聞紙が当たったようだ。男は片手でそれを払いのけると、腕を組み直し、また外を眺めた。

持ち主は、男の隣に立っている背の高いサラリーマン。整髪料と加齢臭の混ざった匂いを放つそのサラリーマンは、大音量で咳払いをしながら、ページをめくる度に周囲の人間に新聞紙をぶつけている。最も被害を被《こうむ》っているのは、黒スーツの男と向かい合うようにドアにもたれかかる男子高校生。度重なる顔面への直撃に、眉をしかめている。

と、新聞紙を乱暴に伸ばす不快な音。三面記事が、その高校生のまぶたをかすめた。我慢の許容量を超えたのだろう。高校生は、紺のブレザーから伸びる手の甲で新聞紙を叩《はた》くと、サラリーマンの顔を睨《にら》みつけた。

「ちょっと、鬱陶《うっとう》しいんすけど」

「何だよ。混んでんだから仕方ねえだろ」

睨み返すサラリーマン。『自らの過失はゼロ』であることを宣言した。

「あ？　混んでるから、やめろっつってんだよ！」

耳を傾ける乗客達は、首を突っ込みはしないが、心の中では高校生を支持していた。

「このガキ、生意気な口利《き》いてんじゃねえぞ！」

カッとなったサラリーマンは、折り畳んだ新聞紙で高校生の顔を叩《はた》いた。

駅に着いた電車のドアが開く。

「てめえ、ふざけんなよ？」

高校生は握り締めた拳を、サラリーマンの顔面めがけて叩きつける。

と、消える標的。拳をピタリと止めた。

――片足を上げる黒スーツの男。どうやらこの男が、サラリーマンをホームへと蹴り出したようだ。

地面に両手をつくサラリーマンは、怒りに真っ赤になった顔で怒声を上げる。

「何をするんだ！」

振り返ったその眉間には、すでに銃口が向けられていた。

赤かった顔が、みるみる青ざめていく。

もしあのまま殴ってしまっていたら、少年の名の後には『容疑者』がつき、この馬鹿の名の後には『さん』がつく。まったく、世の中どうかしてる。

引き金を引いた。

心臓を揺さぶる爆音。後頭部から噴射される鮮血。サラリーマンは両膝をついたまま、尻を突き出すように前のめりに倒れた。

頭を受け止めた新聞紙が、たちまち赤く染まっていく。

「ゆっくり読めてよかったな」

その無様な格好を見下ろしながら、男は口角を上げた。

拳銃をホルスターに戻し、電車のドアに向き直った。

乗客達の怯えきった表情が向けられている。『容疑者』にならずに済んだ高校生の表情も、例外ではなかった。

……なんだよ。少しはスッキリしろよな。

そのまま電車を見送った。

死人以外誰もいないホーム。落ちた薬莢を蹴飛ばしながら、時刻表のあるベンチまで歩いた。

次の電車が来るまで十五分。目的地まであと二駅のところだったが、男は少し考えた末、改札へ向かった。


駅を出てすぐのタクシー乗り場。男はその先頭に停まっているオレンジ色のタクシーに乗り込んだ。

「どこまで?」

バインダーに挟んだ紙に何かを記入していた七三分けの運転手は、助手席にそれを当てつけのように放り投げると、無愛想に言った。

客に敬語も使えないクソ野郎――。

男が行き先を告げると、運転手は返事もせずに、車を走らせた。

意味不明の急ブレーキ。季節無視の冷房。奥歯を舌で弾く耳障《ざわ》りな音。――もはや拷問といえる。

「一六八〇円」

乱暴にサイドブレーキを引いた運転手は、ぶっきらぼうに言った。

男は折り畳みの財布から一万円札を抜き取り、それを差し出した。

運転手は初めて振り返ると、眉間にしわを寄せた。

「え!? 細かいのないの!?」

「ああ」

「え⁉　なんで持ってないの⁉　困るんだよなぁ。じゃあ、そこで両替してきてよ」

運転手はすぐ外に見えるコンビニを顎《あご》で指すと、ドアを開けた。

大きくため息を吐き、微塵《みじん》も動く気配を見せない男。

「ちょっと早く行ってよ！　タクシー乗るなら細かいの用意しとくのが常識だろ！　ほら、すぐそこなんだから――」

えらく高圧的な口調で、理解不能な理論が、男に浴びせられた――。


数分後――。パトロール中の新人警察官が、歩道に荒く自転車を停めた。

警官の目に飛び込んできたのは、ハザードランプを点滅させるタクシー。フロントガラスには、『支払』の文字が表示されている。

「これは……」

開かれたままのドア。ハンドルにもたれかかる運転手。内窓にぶちまけられた血液、脳みそ――。

慌てて駆け寄った。

殺人事件……。

忙しく辺りを見渡す。

と、コンビニエンスストアの自動ドアが開いた。出てきたのは、ビニール袋を提げた黒スーツの男。

――襟に飛び散った返り血。

「武器を捨てて、両手を挙げろ！」

警官は声を荒げ、警棒を抜いた。

警官とは対照的な、涼しげな表情の男。空《あ》いている方の手で、内ポケットから何かを取り出した。

警察手帳ほどの大きさの、真っ黒な電子手帳。その中央に、青白い光で浮かび上がる『凶』の文字――。

「失礼しました！」

警官は男に敬礼をすると、死体の片付けを始めた。

男は千円札二枚を開きっぱなしのドアから後部座席に放り投げると、夜道を歩いていった。

男は三上和也。東京都のトリガーである。

国王

二〇二八年——。

「なぜ犯罪はなくならないのだ……」

国王冴木は頭を悩ませていた。

前国王、坂本は国民からの信頼も厚かったが、国王になるや人格が豹変。国民に重税を課しては私腹をこやし、気に入った女を見れば無理やりにでも手元に置き、異論を唱える者は処刑した。国は荒廃した。

そして、二〇二五年。傍若無人に振舞う坂本に対し、ついに国民の怒りが爆発。クーデターが起きる。

そのクーデターを起こした反乱軍のリーダーが、現国王の冴木であった。

予想だにしなかった奇襲攻撃に、国王軍はあっさり敗北。冴木は、テレビ中継されたホールのステージ上で、坂本を射殺した。

見守っていた全国民は大歓声を上げ、冴木はカリスマとなった。

国民投票では次点の候補者に圧倒的な差をつけ、二〇二六年、三十七歳にして国王となる。以降、国が抱えていた問題は、徐々に解決の方向へ向かっていた。しかし、犯罪件数だけは坂本の統治時代と変わらなかった――。

国王の間。巨大な額の中には、デザート迷彩柄の軍服に身を包んだ一人の男の肖像画が描かれている。まだ冴木が反乱軍だった頃の姿――。それを背負うように机に座る国王は、前髪を上げた黒の長髪をクシャリと掴んだ。

「なぜ減らないのだ……」

片肘《ひじ》をついたまま、大きな机の上に置かれた犯罪件数の資料を睨みつけた。

「人間の本能だからではないでしょうか？」

クーデター以前から国王冴木を支え続けてきた六十歳の小早川は、国王の脇から声をかけた。

「そんな理屈で私が納得すると思うか？」

白い口髭を触る小早川に、国王は眼球だけを向けた。

「思いません」

国王の性分を充分に理解している小早川は、見事に白く染まった頭を下げながら即答した。

この一週間後、国王の演説が行われた。

巨大なホールの客席から大観衆やテレビクルーが見守る中、黒に白いストライプの入ったスーツに身を包んだ国王が、ステージ上に現れた。

割れんばかりの歓声。絡みつく口笛。負けじと音量を上げる拍手。

ステージ中央に置かれた演台に、両手をのせた。

フェイドアウトする歓声。国王は、民衆に向けていた笑顔を消した。

「全国民よ。しばし私の声に耳を傾けて頂きたい。坂本の死以降、我が国は間違いなく良い方向に向かっている。しかし、一つだけ変わらぬものがある。それは犯罪件数だ。私はこの現状が許せん。そこで私はどうすればそれが減り、そしてなくなるのかを考え、あることに気付いた。まず国民が、この犯罪ならこの程度の刑で済む、ということを知ってしまっていること。これがもし、すべての犯罪者が死刑だったとしたらどうだろうか？　次に、仮にAという人間がBという人間を罵倒《ばとう》し、それに逆上したBがAを殴ったとする。この場合、犯罪者はBのみということになる。しかし、真の『悪』はAの方であると私は考える。すなわち、Aが存在しなければBは犯罪者にはならずに済むわけである。このように、『悪』でない者が犯罪者にさせられてしまうケースも存在する。当初『犯罪者を一律死刑に』とも考えたが、それはできない。なぜなら、Bは『犯罪者』ではあるが『悪』ではないからである。では、これらを解消するためにはどうしたらよいのか？『悪』には死のリスクが課せられることを明確にし、Aのような人間を未然に排除する方法──私が出した答えはこうだ。来年の元旦より、私の分身といえる人間に拳銃を持たせ、各都道府県に一名ずつ配置する」

「なんということだ……」

「こえーよー」

「うそだろ？」

「最悪ー」

家や職場のテレビ。街中のスクリーン。中継を見ていた国民は、口々に不満の声を漏らした。無論、会場の観客も例外ではない。

国王はそれを制すように、両手を演台の上に叩きつけた。

「今、困惑している国民に問う！　ではなぜ私が坂本を射殺した時、諸君は湧いたのだろうか？」

「……」

全国民が沈黙した。

「それこそが、『悪でない暴力』が存在する証拠なのだ！」

力強く握った右手を高々と掲げるカリスマの声に、国民は地響きのような歓声を上げた。

「この歓声を賛成の声とくみ、ここに射殺許可法を制定する！」


そして国王は、この国を犯罪ゼロの国にするための引き金になってほしいという願いを込め、この拳銃所持者のことを『トリガー』と名づけた。

『射殺許可法』
・各都道府県に一名ずつトリガーを配置する。

・トリガーの任期は一月一日から十二月三十一日の一年間とする。
・トリガーにはＩＣチップ内蔵の拳銃と、電子手帳が支給される。
・各トリガーの銃は、トリガー本人が住民登録している都道府県内でのみ効果がある。エリア外に出ると、自動的に引き金にロックがかかる。
・拳銃にはＧＰＳが搭載されており、トリガーの居場所は常に政府によって把握されている。
・紛失、盗難による被害を防ぐため、トリガーは常に拳銃を携帯しなくてはならない。
・トリガーの選定法は、志願者に脳波計をつけた状態で、ある映像を見せ、アドレナリン分泌のタイミング並びに量、および脳波を測定、そのグラフが国王により近い者を適合者とし、国王が最終決定を下す。
・トリガーの正体を暴こうとする者、並びにトリガーの素性を特定する、またはその手助けとなる情報を流した者は、極刑に処す。
・トリガーがどのように銃を使っても、その行為は法的に処罰されない。

一見すると非常に過激な法律だが、本心では国王はできるだけ死者を出したくなかった。

トリガーの任期を一年にしたことも、その考えの表れだった。表向きには、「トリガーの特徴、出没地域などが明るみになっていくにつれ、射殺許可法の効果が薄れていってしまうから」と発表したが、実のところ、『権力を失う瞬間』を明確にすることで、「私利私欲のために拳銃を行使する」という、トリガー自身の暴走を防ぐのが真の狙いであった。

そしてこの射殺許可法自体、国民に「自分の周りにトリガーがいるかもしれない」と思わせるだけで、犯罪を減らすのが理想だった。

が、「都道府県に一人なら、自分の周りにはいるはずがない」と高をくくる人間がほとんどであった——。

三上和也

東京都新宿区。居酒屋、カラオケ店、雀荘、劇場、風俗店などが軒を連ねるネオンの眩《まぶ》しい繁華街の中に、耐えるようにまだ残っている古く小さな食堂がある。

午後七時。仕事を終えた一人の中年サラリーマンが、奥のテーブル席に座り、きつねうどんをすすっていた。

テーブル席は二つのみ。今サラリーマンが座っている席。もう一つは、開け閉めするとガラガラと音を立てる、古びた扉を入ってすぐの席。どちらの席にも木製の椅子が四つあるが、実際に四人座れば、全員が同時に食事をすることは困難であろうほどの大きさである。

誰もいないカウンター席の端から店内を見下ろすように置かれた小型テレビ。サラリーマンはうどんを食べながらそれに目をやった。

一週間前に杉並区で起こった強盗殺人事件。その犯人が逮捕される様子が中継で流れている。

三十代の男。白昼堂々一軒家に押し入り、主婦と幼い子供を殺害。現金を奪って逃走し、指名手配されていた。

「やっと捕まったのか」

サラリーマンは肥満気味の体を左によじると、隣の椅子にかけていたスーツの上着からハンカチを取り出し、髪の薄くなった額の汗を拭いた。

もう一つのテーブル席で、カレーをがっつく黒スーツの男が視界に入ったが、気には留めなかった。

どんぶりに向き直り、うどんをすすりながら上目使いで右上のテレビに目をやる。

「近くじゃないか。物騒だなぁ」

どうやら犯人は、この近辺の漫画喫茶に潜伏していたようだ。

食べながらではあるが、画面に集中する。

大勢の警察官に囲まれ雑居ビルから出てきた犯人が、護送車に向かって歩いている。

と、画面右からフレームインした黒スーツの男が拳銃を抜き、犯人の胸に発砲した。

「ぶっ！」

口から、細かくなった麺が飛ぶ。

地面にうつ伏せに倒れた犯人の胸から、血が流れ出ている。

……そんなはずはない。左側を向いた。先ほどまでカレーを食べていた男の姿がない――。

画面に視線を戻した。男は周囲の警察官に手帳らしきものを見せると、拳銃を胸のホルスターにしまいながら、涼しい顔でまた画面の右に消えた。

しばらく呆然とテレビを見続けていると、扉が開いた。

入ってきた黒スーツの男は元の席に座り、何事もなかったかのように、またカレーを食べ始めた。

画面では顔まではっきりとは分からなかったが、間違いない。トリガーだ……。

中年サラリーマンは、弾かれたように男から目を逸《そ》らした。自分の命か、好奇心か、てんびんにかけるまでもない。

小刻みに瞬《まばた》きをしながら会計を済ませ、そそくさと店を出た。

本来ならば繰り返し放送される衝撃映像だが、トリガー関連のものは二度と流れることはない。トリガー自身の危険を軽減するための、国王の配慮の一つだった。


東京都のトリガーである三上は、この食堂のカレーが好物だった。他の店とは違い、ジャガイモがゴロゴロと入っているからである。

幼い頃母親を亡くした三上は、『家庭の味』といわれてもピンとこないが、おそらくこれがそうなのだろう、と思っていた。

洒落た店が苦手な三上にはうってつけの食堂。初めて来た日から、もう五年が経っていた。

「今日も、いい食べっぷりね」

この食堂をたった一人で切り盛りしている直子は、洗い物をしていた手を一度休め、カウンターの向こうから三上の皿を見て微笑んだ。白い三角巾の下から覗く白髪頭が、これまでの苦労を物語っている。

三上は恥ずかしそうに頭を下げた。

どうやら、一度店を出たことに直子は気付いていないようだ。

とっておいた最後のジャガイモを食べきると、上着のポケットからマルボロライトを取り出し、百円ライターで火を点けた。

狭い厨房からレジ台の脇を回り込み、三上の前に立った直子。丸い銀縁眼鏡に飛んだ水滴も気にせず、きれいに平らげられた皿を手に取ると、嬉しそうに笑いながら、また厨房へと入っていった。

三上は薄いアルミの灰皿でタバコを揉み消すと、頭を下げ席を立った。

「毎度ありがとうね」

人柄のよさを示すような目尻のしわを深くさせ、直子は微笑んだ。


店を出た。狭い路地を抜け、人ごみの中、客引きが鬱陶しく立ちはだかる繁華街を歩く。

「居酒屋どうっすかー」

とても客を呼ぼうとしている人間とは思えぬ、ぶっきらぼうな口調。その言葉と共に差し出された、進路を遮る割引券。

仮に今空腹で、自分が酒好きだったとしても行く気にはならない。

三上はそのまま歩き出した。

「なんだよこいつ。シカトしてんじゃねーよ」

舌打ちの次に背後から聞こえた声に、三上は足を止め振り返った。

「あ？　なんだよてめえ。文句あんのかよ」

動じない三上の態度が気に入らない様子の男は、眉をしかめ三上に近付く。

「言っとくけどなあ、おれこの辺のヤバイ人ひと通り知ってっからよー。あんま調子こいてっと、てめえボコっちまうぞ？」

マクドナルドを背にして立ち止まった男は、一メートルほどの距離で凄んでみせた。

「そうか。よかったな」

三上は胸のホルスターから拳銃を抜いた。拳銃はベレッタ社製、M92FS——通称ベレッタ。民間人に装備させるため、政府は威力、反動の大きさのバランスを考慮し、三十八口径の拳銃を採用した。

左手をポケットに突っ込んだまま、黒光りするベレッタを構え、男の眉間に狙いを定めた。

トリガー用のベレッタのフロントサイトには、射撃には差し支えない程度に光る、LEDが取りつけられている。射撃可能な状態であれば青。不可能であれば赤。現在フロントサイトのLEDは、青く光っている。

「——え？」

饒舌だった男の口がピタリと止まる。

クソ野郎は死ぬべきだ。周りに不快感を撒き散らして生きているこの手の人間は、その調子で生き続ければ、いずれ死に値する罪人になるってことを分かっちゃいない。

三上はテレビのリモコンのボタンでも押すかのように、何の躊躇《ためらい》いもなく引き金を引いた。

爆音と同時に、バケツに入った赤いペンキをぶちまけたように、マクドナルドのガラスが血で染まった。

膝から崩れ落ちる男。ひらひらと地面に落ちる割引券。目と口を大きく開ける店内の客。悲鳴を上げ、逃げ惑う通行人。わざわざ寄ってくる物好きもいたが、半径五メートル以内に入ってくる者はいなかった。

三上がベレッタを納めると、銃声にピタリと動きを止めていた野良猫が、ゴミ漁りを再開した。

「……ごめんな」

自分に向けられる視線を気にもせず、騒然とする繁華街を歩き出した。三上の進行方向、人だかりが割れた。

のうのうとクソ野郎がのさばり、非のない人間が泣きをみるのが今の社会。その『ズレ』を修正するためなら、『人殺し』と罵《ののし》られようが構わない。この手が汚れていくことなど、問題ではない。

しばらく歩くと、背中に受けていた視線も感じなくなった。

と、前方に、浮かれた中年男に腕を絡める女子高生。

「ほんとに、八万もくれるの？」

「ああ。おじさん、嘘はつかないよ」

二人はラブホテルに入っていく――法を犯す者。

が、三上はベレッタを抜かない。まるで二人のことなど見えていないかのように、その脇を素通りした。

法に触れるかどうかと善悪は別もの。あの中年が腐っていて、少女がイカれていることは確かだが、その行為によって報いを受けるとすれば、それぞれ自分自身。誰に迷惑をかけているわけでもない彼らに、手を下す必要はない。

繁華街を抜けた。通過する電車の音が鳴り止まない線路のガード下を歩く。

強烈な自我を持つ三上は、トリガーとして適任だといえる。政府関係者の間でも有名だった。トリガー試験の際に測定した三上のグラフが、国王のそれと酷似していたためだ。

騒音。屋台。スプレーで書かれた落書き。ガードを抜けた。

翌日。仕事を終えた三上は、食堂に足を運んだ。

年季の入ったのれんをくぐり、扉を開けた。

「いらっしゃい」

一人カウンター席に腰をかけ、NHKのニュース番組を見ていた直子は、振り返って笑顔を向けた。

ペコリと頭を下げた三上は、入ってすぐのテーブル席に、剥がれかけた壁紙を背にして座った。

透明のプラスチックから少しはみ出している、マジックで書かれた手書きのメニュー表。形式上、それに目をやった。

テーブルの上に、水の入った半透明のコップが差し出された。

「カレーしか頼んだことないじゃない」

直子は笑いながら厨房へ入っていった。

「……」

マルボロライトに火を点けた。店内には、三上以外の客はない。

以前ならば、混み合っているはずの時間帯……。分かっていた。自分の責任であることは……。

まだ真冬だった二ヶ月前——。その日も仕事を終えた三上は、いつもの席に座っていた。

カウンターには、先ほど帰ったサラリーマン達が食べ終えたどんぶりが三つ。

奥のテーブル席には、注文を終えたばかりの四人の若い男女グループ。

「この店くさくねぇ？」

伸びた茶髪をピアスだらけの耳にかけた男は、ニヤつきながら言った。

「ちょっとやめなよ。聞こえるよ」

向かい側から声をかけたのは、分厚くアイラインを引いたロングの金髪女。言葉とは対照的に楽しげだ。

「ぜってーくせーよ！」

ピアスの男が、他の三人の笑いを誘うように大声を上げる。

その隣で足を投げ出して座る金髪男が手を叩いて笑うと、残りの二人も後に続いた。

「まだ来ねーよ。おせーなー。年食い過ぎて動きが鈍ってんじゃねーの？」

勢いづいたピアスの男は、カウンターの向こうの、小柄なため頭しか見えない直子を横目で見ながら言った。

「絶対聞こえてるよー」

アイラインの女の隣に窮屈に座る、デニムのミニスカートを履いた肥満体の女が言った。意図的に、声を鼻にかけている。

「早くしろよなー。ババア」

「……もう少々お待ち下さい……」

直子は忙しく料理を作りながら、額の汗を割烹着の袖で拭《ぬぐ》った。

「……やっぱ聞こえてたじゃーん！」

肥満女の言葉を合図に、四人は大音量の笑い声を上げた。

料理が運ばれてからも、四人の口は止まらなかった。

「これババアの汗入ってんじゃねーの？」

「ちょっと、やめてよ。気持ち悪ーい」

三上の注文したカレーを作っている直子は、聞こえていないふりをしていた。

「行くか」

「うん。私クラブ行きたーい」

「いいねー」

席を立つ四人に気付いた直子は、一度鍋の火を止め、厨房から出ると、笑顔で言った。

「ありがとうございます。二五〇〇円になります」

「はい」

ピアスの男はスタジャンに腕を通しながら、直子に十円玉を手渡した。他の三人は、口に笑いを含んでいる。

「あのー。二五〇〇円ですので――」

飽くまで笑顔を通す直子の声を、ピアスの男が遮った。

「なんだよ。こんなクソまずい飯出しといてボッタクリかよ！」

四人は堪《こら》えていた笑いを、一気に解放した。

爆音――。銃声が、その笑い声を飲み込んだ。

床に転がる薬莢。立ったまま硬直する四人。

弾丸に切り裂かれ、鼻っつらから血が流れていることになど気付かずに、呆然と立ち尽くすピアスの男。

恐る恐る、左に首を回した。

頬杖をつきながら拳銃を構える黒スーツの男。前髪の奥に見える、凍りつくような眼差し――。

上を向いていた拳銃が、ゆっくりと向きを変える……。銃口が、完全な円になったところで、ピタリと止まった。

「う、撃たないで下さい……」

ピアスの男は声を絞り出し、震える手でジーンズのポケットから長財布を取り出した。

まるで生きているかのように激しく揺れるチェーン。それでもなんとか、代金をテーブルの上に置くことに成功した。

「……すいませんでした」

両手で口を覆い強くまぶたを閉じる直子に、ピアスの男は深々と頭を下げた。

ゆっくりと頭を上げながら、自分の生き死にの決定権を持つ男の顔色を窺う。

まだ下げられていない拳銃――。声を失った。

連れがいなければ、優位に立っていなければ、何もできやしない臆病者。この救いようのない馬鹿が頭を下げたのは、考えを改めたからではない。生き延びるため。そもそも、心を持たない者に、『改心』はない。

三上は表情ひとつ変えず、引き金を引いた。

爆音。眉間に開く風穴。後頭部から噴き出す鮮血。

男は大きく仰《の》け反《ぞ》ると、壁に血を擦《こす》りつけながら座り込んだ。

女二人が悲鳴を上げる。腰を抜かした三人は我先《われさき》にと、這うように店を出ていった。


「俺、トリガーなんです」

三上はベレッタを、胸のホルスターに戻した。

「そう……」

直子はすっかり行儀のよくなったピアスの男を見下ろし、悲しげな表情を浮かべた。

力なくカウンターの丸椅子に腰かける直子。マルボロライトに火を点ける三上。警察が死体を片付けに来るまで、沈黙は続いた。

なんでそんな顔するんだ？　悪いのはこいつらだろ……。


「お待たせ」

テーブルにできたてのカレーを置いた直子の声が、三上の意識を現在に呼び戻した。

三上は頭を下げると、タバコを揉み消し、湯気の立つカレーを食べ始めた。

あの日からだ。客足が減ったのは。おそらく、逃げ出した三人が言いふらしたのだろう。『トリガーが出た』ことを。それを知ってまで、わざわざトリガーが出入りする店に、命懸けで足を運ぶ物好きはいない。

そう推測を立てた日から、しばらく来店するのを控えたが、効果はなかった。

普段通りカレーをがっつく三上を、カウンター席に腰かけ微笑ましく見守っていた直子は、表情を曇らせうつむくと、ため息をついた。

「……実はね、この店たたむことにしたの……」

三上のスプーンが止まる。

「恥ずかしい話なんだけど、お金がやり繰りできなくてね……」

直子は顔を上げると、無理に笑顔を作った。

「パートでも始めて、なんとかやっていくわ。今までありがとうね」

「……そうですか」

三上は顔を上げることができなかった。

いや、礼を言わなければならないのは自分の方だ。煙たがらずにいてくれたのだから。かといって、自分がしてきたこと、これからしていくことが、間違いだとは毛ほども思ってはいない。

皿とスプーンが、悲しげな音を立てる。

と、乱暴に扉が開かれた。

入ってきたのは二人。赤いスカジャンを羽織った男。坊主頭を金色に染めている。もう一人は、黒シャツに白のスラックス姿。サングラスを下にずらしてかけている。

直子の顔がひきつった。

「集金でーす」

スカジャンの男は薄笑いを浮かべながら、大声を上げた。

「い、いらっしゃいませ……」

「客なわけねーだろ！　ババア！」

怒鳴りながら胸ぐらを掴んだ。

「今月分、払ってもらおうか」

スカジャンの男の後ろから、サングラスの男が威圧する。

「あの……それが……」

「ナメてんじゃねーぞ！　ババア！」

スカジャンの男は割烹着を掴んでいた右手で、直子を突き飛ばした。直子は強く尻餅をつくと、痛みに顔を歪めた。

「何ジロジロ見てんだテメエ。殺すぞ！」

サングラスの男は様子を見ていた三上に、互いの鼻が触れるほどの距離で言った。

爆音――。ベレッタを握る右手が、赤く染まった。

喉を貫かれた男は、自分で自分の首を絞めるように両手で血の吹き出る穴を押さえ、うずくまった。まるで聞き取れない言葉を発しながら床でのた打ち回ると、白目を剥《む》き、すぐに動かなくなった。

「殺されてんじゃねぇかよ」

三上は立ち上がり吐き捨てると、呆然と立ち尽くすスカジャンの男にゆっくりと歩み寄った。

籠《こも》った低音。——ボディーブロー。左拳が、スカジャンの脇腹に突き刺さった。

自然に漏れた声と共に、男の体が『く』の字に折れる。

左手に移る血まみれのベレッタ。

乾いた高音。——右ストレート。右拳が、男の鼻をへし折った。

絶叫。蛇口を捻《ひね》ったように血を流す鼻。男は床に片手をついた。

客さえ入っていれば、ヤクザが店に押しかけてくることもなかっただろう……。どうあれ金さえあれば、店をたたむ必要はなくなる。

「案内しろ」

ベレッタが、男の右太腿を見つめる。

「……」

血まみれの顔を歪め、沈黙する男。

撃鉄を起こした。

「……分かった……」

入ってきた時とは別人のように弱々しく店を出る男。後に続く三上は直子の方に振り返りかけたが、回し始めた首を止めた。

きっとまた、あの時と同じ顔をしていることだろう……。

そのまま店を出た。

ホテル街を抜け、路地を入ってすぐのマンション。剥き出しのコンクリート。所々に亀裂が入っている。

六〇四号室の前で、男は足を止めた。

「お前、こんなことして、ただで済むと思ってんのか？」

後頭部に銃口を突きつけられたまま、男は低いトーンで言った。

「てめえが死んだ後の心配なんかしてんじゃねぇよ」

三上は鼻で笑いながら、男の尻に蹴りを入れた。

左手を、ズボンのポケットから出した。左腕を背後から男の首に絡ませ、銃口をこめかみに押し当てた。

「開けろ」

三上の指示に、男は従った。

油不足の黒いドアが、うめき声を上げながら開く。

玄関から部屋を見渡してすぐに、男の案内がデタラメではないことが分かった。１ＬＤＫをぶち抜いたような部屋。

右。革製の黒いソファーに座り、受話器に怒声を浴びせる男。オールバックの長髪。白シャツ、ストライプの入った黒スラックス。

中央。こげ茶色の机に足を投げ出し、パターを磨く男。白髪混じりのオールバック。グレーのダブルスーツ。

すぐ隣に姿勢よく立ち、いつでも火を点けられるようライターを握る男。長めの茶髪。ジーンズに、首元の開いた黒いセーター。

左。全自動麻雀卓で盲牌をする男。黒い短髪。派手な柄の青いシャツ。

「す、すいません」

三上が人差し指に少し力を入れるだけであの世行きになる男は、自分の足元に視線を落として言った。

背後からでも、男の顔がこわばっているのが分かる。

もし運良く生き残れたとしても、『ただでは済まない』のはこの男も同じなのだろう。

四人の視線が、男に集中する。と、その視線はすぐに、後ろの『とんだ命知らず』に移った。

「なんだてめえは！」

ドスのきいた声。

瞬時に、受話器が日本刀に、パターがコルトガバメントに、ライターがトカレフに、雀牌がS&W-M49に代わった。

コルトガバメント――コルト社製、四十五口径の大型拳銃。

トカレフ――ソビエト連邦、軍用自動拳銃。

S&W-M49――S&W社製、五連式リボルバー。

「集金だ。金をよこせ」

三上は小ばかにしたような口調で言った。

「なめたことぬかしやがって。殺すぞ！　この野郎！」

光る切っ先。ソファーに座っていた長髪の男が立ち上がる。

「もしその拳銃が本物なら、今すぐ自分でドタマぶち抜いて死んだ方が楽だぞ?」

白髪混じりの男が、鼻で笑った。

三上は口角を上げながら、撃鉄を起こした。

「や、やめろ……」

こめかみの銃口におののきながら、きつくまぶたを閉じるスカジャンの男。

「交渉、決裂だな」

ベレッタの発した爆音が、開戦の合図となった。

銃声の応酬――。部屋中に咲く火花。砕ける壁、窓ガラス。舞い上がるソファーの中綿。飛び散る鮮血。

三上の盾となった男の死体が、蘇ったかのようにダンスを踊る――。

玄関の床に落ちた薬莢が、心地の良い金属音を奏でた。その音を最後に、静寂が訪れた。

三上は、原型などまるで分からなくなった、真っ赤な盾を捨てた。

下がったままのスライド。立ちこめる硝煙。散らばる薬莢。墓標のように突き立てられた刀の横で、仰《あお》向《む》けに倒れる屍《しかばね》。背もたれに寄りかかったまま、天井を仰ぐ屍。胎児のようにうずくまり、床に転がる屍。

血まみれの麻雀卓に、片手を伸ばし伏せる屍。……灼熱する左腕。

指先から滴り落ちる、生温く赤い液体。三上は、ぶらりと下がる左腕に目をやった。

……まあ、ついてる方か……。

まだ熱を帯びるベレッタを、ホルスターに戻した。

翌日、午後三時。穴の開いたスーツの下、左腕には包帯。右手にはたんまり金が入った紙袋。退院したばかりの三上は、その足で食堂に向かった。

『準備中』のプレートがぶら下がっている扉を開けた。カウンター席以外のすべての椅子が、テーブルに載せられている。

「すいません。うちはもう、閉店することになりまして――」

厨房で鍋をダンボールに詰めていた直子は、立ち上がりながら振り返ると、目を見開き、言葉を止めた。

店内に足を踏み入れた三上は、割り箸も醤油もなくなってしまったカウンターの上に紙袋を置いた。

「これ、昨日のカレー代」

紙袋を見るや、すぐに事態を察した直子は声を震わせた。

「……ありがとう……。怪我はない？」

「ええ」

ポーカーフェイスで答えた。

「よかった……。そうだ。カレー、食べてくでしょ？」

答える前に、三上の腹で雷鳴が轟《とどろ》いた。

嬉しそうに笑う直子。

「さて、片付けた食器、全部戻さなきゃね」

割烹着の袖を捲《まく》りながら、厨房に入っていった。

いつものテーブル席。左腕がまだうまく動かないことを悟られぬように椅子を一つ下げた。いつものように、直子は汗を拭《ぬぐ》いながらカレーを作っている。しかし、拭っているのは汗だけではなかったようだ。

マルボロライトに火を点けた。

仕事に追われ、一週間が過ぎていた。日の暮れかけた午後五時。三上は食堂へ向かった。路地に入ったところで気が付いた。シャッターが閉まっている。今日は月曜、定休日は水曜のはずだが……。

とにかく、店の前まで歩いた。グレーのシャッター。その真ん中には貼紙——。

「誠に勝手ながら、都合により閉店いたします。長い間、ありがとうございました」

事態が理解できないまま、三上は視線を落とした。と、新聞受けから飛び出している茶封筒——「三上様へ」。

食堂からほど近い、ビルに囲まれ申し訳なさそうにまだ残っている、小さな公園。三上は、子供が遊んでいるところなど見たことのない、錆びたブランコに腰かけた。

セロテープを剥がし、便箋を取り出した。

あれから店で待っていたのですが、お見えにならなかったので、手紙にて失礼します。先日は食堂のために、本当にありがとうございました。しかし、私なりに考えた結果、やはり人を殺して奪ってきたお金で、店を続けることはできません。頂いたお金は、公園のコインロッカーに入れておきました。鍵は封筒に入れてあります。あなたが、自分の信念に基づいて銃を使っていることはよく分かっているつもりです。それでも、あなたが人を殺すのを見るのも知るのも、辛くて辛くて仕方がありませんでした。どんな悪人であろうとも、家族がいます。悲しむ人がいます。だから、どうかもう、人を殺さないで下さい。

高橋直子

二枚目に、私のカレーの作り方を書いておきました。たいして変わったことはしてないけどね。それから、タバコは体に悪いわよ！

軋むブランコ。三上はぐったりとうつむいた。

結局救えなかった。所詮自分など、疫病神でしかなかったのだろうか？

左腕が、またズキズキと痛み出した。

日が落ちてから、ようやく顔を上げた。畳んだ便箋をスーツの胸ポケットにしまうと、マルボロライトを口にくわえ、百円ライターを握った。

——タバコは体に悪いわよ！——

……箱に戻した。

「あのー。タバコを一本、恵んで下さい」

横から現れたホームレスが、三上の顔色を窺いながら言った。

マルボロライトのＢＯＸにライターを添え差し出すと、ホームレスは汚れたキャップをとりながら頭を下げ、指の出た手袋で受け取った。

「ありがとうございます。助かります」

三上は立ち上がり、歩き出した。と、足を止めた。

「そうだ。これもやるよ」

振り返ると、プラスチックのプレートがついたロッカーのキーを放り投げた。

公園を後にした。おそらくロッカーを開けたのだろう。背後から、ホームレスの歓喜の叫びが聞こえたが、どうでもよかった。

この辺りにしては人通りの少ない道を通り、しばしば立ち寄るコンビニエンスストアを目指した。腹が減っていた。


薄暗い路地——。

「お前、今日、給料日だろ？」

ダウンジャケットを浅く羽織り、坊主頭に紺のキャップをのせた少年は、笑みを浮かべて言った。

「え、いや……」

コンビニエンスストアの制服を着た少年は、店の裏口を背に、地面に視線を落とした。

「とぼけてんじゃねえよ」

「すいません。でも、いくらなんでも、毎月はきついですよ」

店員はへつらうように笑いながら言った。

「別に『よこせ』なんて言ってねえだろ。『貸してくれ』って言っててんだよ」

「いや、でも、返してくれたことないじゃないですか——」

腹に激痛が走る。膝蹴りをくらった店員は、腹を押さえながらうずくまった。

「あ？　お前、先輩に向かってなんつう態度だよ」

「あーあ。さっさと出しときゃいいのに」

キャップの少年の背後。ガタイのいいドレッドヘアーの少年は、すすっていたカップラーメンの容器から、店員に視線を移した。

「勘弁して下さい……。勘弁して下さい……」

店員は激しく咳き込んでいる。

ダボッとしたジャージ姿。エンジンをかけっぱなしのスクーターに跨《また》る金髪の少女が、その姿を嘲笑《あざわら》う。

「で、どうする？」

キャップの少年は店員の目線に合わせ、しゃがみ込んだ。

「わ、分かりました……」

財布に手をかけた。と——

「おい。つまんねえことしてんじゃねえよ」

その声が聞こえた方に、四人の視線が一斉に集まる。路地の入り口に立っているのは黒スーツの男——。

「は？　何あんた。早く帰れよ」

キャップの少年は鼻で笑いながら言うと、回していた首を店員の方へ戻した。

「とっとと失《う》せねえと、殺すぞ。ガキが」

ゆっくりと歩み寄る三上。正直なところ、虫の居所が悪かったのは確かだった。

「おい。こいつ、殺すとか言ってんだけど！」

キャップの少年は笑いながら、横に立つ三上を親指で指した。再び三上に視線が集まる。

「徹。じゃあ、やってもらえば？」

少女の高笑い。ドレッドの少年も、低い声を上げて笑った。

「そうだな」

振り返った徹と呼ばれた少年は、三上に顔を近付け、人を食ったような口調で言った。

「殺すんでしょ？　やって下さいよ」

「……」

「ホラ、殺してみろよ。あ？」

「……」

「うわっ。こいつ超ビビッてんじゃーん！」

三人の笑い声が響き渡る。

――どんな悪人であろうとも、家族がいます――

「……」

勢いづいた徹はドレッドの少年からカップラーメンの容器を受け取ると、沈黙を続ける三上の頭に、少しずつ残り汁をかけた。

「できねえんなら最初から言うなよ。これから人に喧嘩売る時は、ちゃんと相手を見ないとな。ビビリがあんまイキがんなよ？」

前髪から滴《したた》る汁。薄茶色に変わっていく白Yシャツ。店員が目を覆う中、三人の大爆笑がボリュームを上げる。

——悲しむ人がいます——

「そうだ。お前も財布出せ」

徹は空になった容器を投げ捨てて、三上のスーツに手をかけた。

「何これ？」

三上の胸ポケットから便箋を取り出すと、目の前で広げた。

「『カレーの作り方』って。こいついい年こいてママから手紙もらってんじゃねえの⁉」

——だから、どうかもう、人を殺さないで下さい——

「きもーい！」

「俺にも見せろよ！」

「待てよ。今、読んでやるから！」

爆音——。

読もうとした便箋を、何かが突き破った。その何かは、スクリュー回転しながら、眉間めがけて一直線に飛んでくる。徹には、スローモーションに見えていた。

ようやく結論が出た。このガキがクソ野郎だということと、悲しむ人間がいるかどうかは別の話だ。たとえいようが、それが本人の犯した罪を軽減する材料には、なりはしない。

ベレッタから放たれた弾丸が、徹の額に着弾した。そして——貫いた。

空中に取り残されるキャップ、便箋。徹は地面に、大の字になった。

アスファルトにみるみる広がる鮮血。残された三人は声、表情を失った。

「次見たらお前らも殺すぞ？」

凍りつくような視線。

自分を奮《ふる》い立たせるように奇声を上げたドレッドの少年は、まだ思考の働かない少女をシートの後ろへ追いやると、空《あ》いたスペースに跨り、震えた手でスロットルを回した。

三上は地面に落ちた、穴の開いてしまった便箋を拾い上げた。

「あの、ありがとうございました」

三上を見上げる店員。今まで虐《しいた》げられてきたことを思うと、徹に対する同情はなかった。

「ちょっと、待ってて下さい」

何かを思いついた様子で立ち上がると、裏口のドアを開け、店内に入っていった。

このコンビニエンスストアによく立ち寄る三上にも、見覚えのある店員だった。

「これ、もしよかったら。銘柄、合ってますよね？」

店員はマルボロライト三箱を、三上に差し出した。

「ああ、せっかくだけど俺、タバコはやめたから」

片手を上げると歩き出した。ふと視界に入った便箋の文字——『カレーの作り方』。

「……」

三上はスーパーに向かった。

吉岡秀雄

千葉県、京葉道下り。残業を終えた吉岡は、愛車シーマのハンドルを握り、自宅へ向かっていた。

深夜。交通量は少ないが、信号の変わるタイミングを考えれば、飛ばしたところで家に着くまでの時間は、そう変わりはしない。

片側二車線の右側を、時速六〇キロで走る。

黒のシーマ。ガラが悪いと指摘されるが、羨ましがる人間がいなかろうと、ましてや女受けが悪かろうと構わない。選んだのは、デザイン、性能が気に入ったからだ。

グレーのスーツに包まれた吉岡の疲れた体を、高級車は衝撃を吸収しながら、心地よく自宅へ運んでいく。

久しぶりの赤信号。車を停めた。

「シーマの運転手さん。左に寄って下さい」

高圧的な口調。ルームミラーに映るパトカーからだ。

従った。黒のシーマに乗って五年。警察に止められることになど、慣れている。

ピッタリと後ろに張りつくパトカーから、二人の警察官が降りた。

吉岡はハザードランプを点け、パワーウインドウを開けた。

「ちょっと、免許証見せてくれるか」

中年の警察官が非常識に、ライトを顔面に浴びせてくる。

「……はい」

吉岡は、二重まぶたの大きな目をしかめながら、黒い長財布から免許証を差し出した。

受け取った中年警官はしばらくそれを眺めると、無言で返した。

「中、調べさせてもらうから降りて」

ぶっきらぼうな口調。

吉岡はエンジンを切り外へ出ると、取りつけたばかりのフロントバンパーを誇らしげに眺めながら、ガードレールに腰かけた。

大量の湿気を含んだ初夏の生温い空気。黒Yシャツが筋肉質な体にまとわりつき、額に滲む汗が、黒い短髪を立たせるヘアワックスを少し溶かした。

フリスクを一粒、口に入れた。ズボンのポケットから携帯電話を取り出し、家で待つ恋人宛のメールを打ち始めた。

二人の警官は、他人《ひと》の車ということを理解しているとは思えぬほど手荒に、車内を物色している。

「トランク開けて」

開けっ放しの後部座席のドアから顔を出した中年警官は、何も出てこないことが不本意なようだ。

吉岡は携帯電話の画面を見たまま、リモコンつきのキーをシーマの方向へ向け、トランクのボタンを押した。

電子音とともに、トランクが開いた。

「態度悪いなあ」

「まったくですね」

横目で吉岡を見ながらトランクに回り込む中年警官に、助手席を探る若手警官が続いて吐き捨てた。

口の中のフリスクがなくなった。

「まだですか？」

画面から、洗車したばかりの愛車に視線を移した。

「終わったらこっちから言うから」

太い眉をしかめ、中年警官は吉岡を睨むと、舌打ちをした。

「何だあいつは。市民には、我々に協力する義務があるということを知らんのか。安心して生活できているのは、我々のお陰だというのに」

野太い声にため息を混ぜ、若手警官に言ってはいるが、意識はガードレールに腰かける『無礼な市民』に向けられている。

「まったくですね」

若手警官が鼻で笑った。

吉岡は携帯電話をポケットに戻し、フリスクを一粒、口に入れた。

乱暴にトランクが閉められた。中年警官は歩き出すと、吉岡の目の前で足を止めた。

「凶器とか持ってないな?」

まるで容疑者に対する物言い。

「ああ。持ってるよ?」

「何!? 貴様、国家権力をなめてるのか!」

今にも掴みかかる勢いで、中年警官は怒声を上げた。

「ナメてんのはてめえだろ」

吉岡はガードレールに寄りかかったまま、腰のホルスターからベレッタを抜いた。

轟く爆音。ボンネットに、鮮血が飛び散った。

左太腿を打ち抜かれた中年警官は、絶叫しながら片膝をついた。

吉岡の尻が、ガードレールから離れる。

「偉そうに、タメ口きいてんじゃねーよ。勘違い野郎が!」

黒い革靴で、顔面を蹴り上げた。革靴の前から瞬間移動したように、中年警官の後頭部がアスファルトに叩きつけられた。

太腿と後頭部をそれぞれの手で押さえ、顔を歪める中年警官は、ようやく着地した帽子を蹴散らしながらのた打ち回っている。

「動くな！　……！」

助手席から飛び出し、拳銃を抜こうとした若手警官の手が止まる。

拳銃を向けながら上司を見下ろす男の左手には電子手帳——『凶』の刻印。それだけが向けられている。

「トリガー……」

手帳の文字が『凶』なのは、トリガーに『悪』と判断された人間にとって、紛《まぎ》れもなく『凶』だから。

というのが建前上の理由であったが、本当のところ、「なんか文字の形が格好いいから」というのが、国王の本音だった。

吉岡は手帳を胸ポケットに戻した。——鬼の形相。

「『我々のお陰』だと？　ふざけんな」

爆音。絶叫。右太腿から飛び散る鮮血。

「てめえの代わりなんざ、いくらでもいるんだよ」

爆音。絶叫。右腕から飛び散る鮮血。

「税金泥棒だの何だのって、そんなケチくせーことは言いたかねえが、お前らが俺に対して偉そうにする理由を教えてもらおうか。あ？」

爆音。絶叫。左腕から飛び散る鮮血。

両手両足から血を流し、うめき声を上げる中年警官。

「す……すいま……せん……でした」

縋《すが》るように言う中年警官の顔の横にしゃがみ込むと、吉岡は鼻で笑った。

「おいおい。今さら敬語使ってんじゃねーよ。市民に偉そうにすんのがお前の信念だろ？　だったらそれを通せよ」

銃口を、こめかみに押し当てる。

「やめて……ください……」

「違うだろ」

ベレッタのグリップで額を殴ると、銃口をこめかみに戻した。

「やめ……て……ください」

「違うだろ」

グリップで殴り、銃口を戻す。

「やめてく――」

「違うだろ」

殴り、戻す。

「やめ……ろ」

吉岡は微笑んだ。が、すぐに表情を消した。

「てめえ、ナメた口きいてんじゃねえよ」

爆音。絶叫は、もうなかった。

きつくまぶたを閉じていた若手警官。恐る恐る、目を開いた。

立ち上がるトリガーの後姿。返り血で赤く染まった顔面が、ゆっくりと自分の方に向く。

「お前さっき、『まったくですね』ってほざきやがったな？」

トリガーは半分笑いながら、一歩一歩近付いてくる。金縛りに遭ったように動かない体。目の前で立ち止まるトリガー。ぶらりと下がっていた拳銃を握る右腕が、一気に上がった。

自分の眉間を見つめる銃口。引き金にかかる人差し指。若手警官は、再びまぶたをきつく閉じた。

拍子抜けするような金属音。目を開けた。

「弾切れか。運がよかったな」

吉岡がベレッタを下ろすと、若手警官は大きく息を吐きながら、へたり込んだ。

吉岡は助手席から車内に入った。

「まったく。あれだけ時間かけて、なんで見つけられないいんだか」

助手席に片膝をついたまま、運転席のヘッドレストを少し上げた。挟まっていたのはベレッタのスペアマガジン——。

吉岡はマガジンチェンジをしながら、外へ出た。

安堵の表情を浮かべていた若手警官の顔が、再び凍りつく。

銃声が轟いた。

そもそも、どいつもこいつも悪くもないのにペコペコ頭を下げやがるから、この手のバカどもが調子に乗りやがる。

運転席に乗り込んだ。と、ズボンのポケットの中で、携帯電話が振動した。

吉岡は血まみれの手で取り出すと、通話ボタンを押した。

「遅い！　何してるの!?」

恋人は、えらく怒っているようだ。

「ごめん」

吉岡は頭を下げた。

山崎　重

静岡県、伊豆半島。各地から訪れた海水浴客で賑わう海岸――。

波に揺られる浮き輪に身を任《まか》せる青年。岩場で蟹や魚をとる子供達。砂浜でビーチバレーをする若者グループ。パラソルを立て昼寝をするカップル。売店で買った焼きそばを食べる家族――。

海岸にいる人々は皆、休日を満喫している。ただ一人の老人を除いて……。

老人の左手には麻のゴミ袋。右手には直射日光を受け熱を持つ、ゴミ拾い用のトング。

老人が足を進める度に、空き缶や空き瓶、ペットボトル、ガラスの破片などの入ったゴミ袋が、ガラガラと音を鳴らす。

トングを持ったまま麦わら帽子を少し上げると、肩にかけた、買った時は白かったタオルで額の汗を拭いた。

容赦なく照りつける日射しが、ランニングシャツの上から、老人の痩せた体をさらに焼いていく。

老人が子供の頃は、この砂浜でも見ることができた『赤い鳥』。しかし、工場やゴルフ場建設、旅行者の出すゴミなどによって自然が失われ、今では老人が住む高丸山の山頂にしか生息しなくなってしまった。

また『赤い鳥』が、どこでも見られるように……。

それは、老人と妻、二人の夢であった。

ゴミ袋が大分重くなった。

「いたたた」

老人は、手の甲で曲がった腰をポンポンと叩き、麦わら帽子を被り直した。

「さて、もうひと踏ん張りするか」

雪駄の上にのる灼熱の砂を踏みつけ歩き出す。ゴミ袋の鳴らす音も低くなった。

砂浜の真ん中辺りで立ち止まった。老人の目に映ったのは、砂に直接タバコを押し込んで作られた吸殻の山――。

その隣でタバコをくわえたまま、敷物の上に男が寝転んでいる。

「これは、あなたがやったのかね？」

老人は吸殻の山をトングで指した。

サングラスをズラしてかけた顔が、老人の方へ向くことはなかった。その隣にいる若い女が、少し上体を起こして老人の方を見たが、すぐにまた寝転んだ。

「答えて下さい」

口調を強め、男の顔を見据えた。

「だったら何なんだよ」

苛立った様子で答えると、男はだるそうに起き上がり、老人の顔を睨みつけた。

追うように派手な水着の女も起き上がり、腹にのせていた腕を、男の太い腕に絡めた。

「片付ける以外になかろう」

深く刻まれた顔のしわが、更に深くなった。

「うるせージジイだなぁ」

男は煙を老人に向けて吐き出すと、見せつけるように、持っていたタバコを吸殻の山の中に押し込んだ。

二人は顔を見合わせ笑い合うと、海の方へ向かって歩き出した。

老人の両手から放されたトングとゴミ袋が、砂の上に落ちた。

後ろに回した黒いウエストバッグ。ファスナーを後ろ手で開き、ベレッタを抜いた。

バカ笑いをしながら腕を組んで歩く二人。グリップに左手を添え構えると、男の後頭部に狙いを定めた。

人間である以上、害虫。自分もそのうちの一匹。そんなことは分かっている。が――。

轟く銃声。一斉に羽ばたく海鳥達――。

男は前のめりに倒れ、女は腕を組んでいた体勢のまま硬直した。

倒れた男の頭から、砂浜の白に、滲むように赤が広がっていく。

「砂浜は灰皿じゃないんだよ」

静岡県のトリガー、山崎重《しげる》は男の屍に吐き捨てた。

山に反響した銃声が消えると、混乱が重を中心にして、波紋状に広がっていった。

が、地元の人間達は、発砲したのが重だということを確認すると、すぐにまた遊び始めた。

ようやく金縛りが解けた女。恐る恐る、重に視線を移す。

自分に向けられている銃口——。

抜けた腰で吸殻の山に戻ると、女は震えた手で、泣きながらそれを片付け始めた。

ウエストバッグにベレッタを納めた重は、落ちた薬莢を拾いゴミ袋に入れると、再び砂浜を歩き始めた。

背後から聞こえていた女のすすり泣きが消えて間もなく、重は立ち止まった。

潰《つぶ》れた空き缶が落ちている。トングで掴んだ。……その手が止まる。

あの時と同じ、コーラの空き缶……。


前年、秋——。重は、妻のフミ子と山登りをしていた。

美しく紅葉した木々を眺めながら、ゴミを拾いながら、雲の帽子を被った高丸山の山頂を目指す。

細く険しい道を、登山靴にまとわりつく土など気にせず進んでいく。

ふと足を止めた重は振り返ると、数歩後ろを歩くフミ子に言った。

「きれいだねぇ」

「そうですねぇ」

笑顔が向き合う。

子宝には恵まれなかったが、それでも充分幸せだった。

雲がいなくなった山頂に着いた。山頂を示す石碑の隣。今にも壊れてしまいそうな丸太のベンチに、二人で腰かけた。

ステンレスの水筒を開ける重。ふたに注がれた緑茶が、湯気を立てる。舌を火傷《やけど》しないよう、注意深くすすった。

「飲むかい？」

窮屈そうだが笑顔のフミ子に差し出した。

「いただきます」

数羽の『赤い鳥』が、優雅に空を飛んでいる。

「きれいだねぇ」

「そうですねぇ」

赤いから『赤い鳥』。二人ともそれでよかった。

「私達が子供の頃のように、また、下の方でも見られるようになるといいですねぇ」

「そうだねぇ。生きてるうちに、そうなるといいねぇ」

「まったく、あと何年生きるつもりですか」

「それもそうだ」

大笑いする重の手が当たり、開けたままの水筒が倒れた。

「お茶こぼれてますよ」

「おー。いかんいかん」

慌てて水筒を起こすと、重はフミ子から受け取ったハンカチで、腰に巻きつけていたセーターを拭いた。

「まったくもう」

「すまん、すまん」

二人で笑い合った。

再び、静かな時間が訪れた。

「でも本当に、生きてるうちに、そうなったらいいですねぇ」

「なんだ。さっき笑ったくせに」

『赤い鳥』を眺めるフミ子の横顔に顔を向け、重は口を尖《とが》らせた。

「すいません」

からかうように笑うフミ子。

「さて、そろそろ帰るとするか」

重は、フミ子からもらった、手編みのニット帽を被り直した。

「そうですねぇ」

フミ子は、重からもらった、耳当てつきの帽子を被り直した。

下山の途中、沈みかけた夕日に心を奪われた二人は、山の中腹にある高台でそれを眺めることにした。

石を積んだだけの階段を上り、柵もベンチもありはしない高台に立った。

「きれいだねぇ」

「そうですねぇ」

二人とも、一日中拾ったゴミが入っているリュックサックの重さも忘れ、しばらくオレンジ色に見惚《みと》れた。

階段の下。二、三台しか停めることのできない駐車スペースに、レンタカーであろう白いセダンが停まった。

車から降りたのは若い男女。石の階段を上り、高台に立った。

譲るように数歩横へ移動する重、フミ子。

「わー！　超きれー」

傷んだ茶髪の女が言った。

「そうか？」

金髪を立たせた男は、興味がないことをアピールするように言いながら、持っていたコーラを飲み干した。

「これ蹴っ飛ばして、あの木に当ててやるよ」

男はコーラの空き缶を土の地面に立たせ、十数メートル先に見える大木を指差した。

「えー。届くわけないじゃーん」

小ばかにするような口調だが、後退《あとずさ》りを始めた男に注目する。

「わかんねぇだろ」

男は缶に向かって走ると、思い切りそれを蹴飛ばした。

アディダスのスニーカーに蹴られた缶は潰れ、転がりながら高台の下の草むらに落ちた。

「全然ムリじゃーん」

「うるせーな」

一重まぶたの目を女には合わせず、男は顔を赤らめた。

「拾いなさい」

重は男の前に立ちはだかり、缶が落ちた方向を指差した。

「何だよ、お前」

男は鼻で笑いながら、重を睨みつけた。

「拾えと言っとるんだ！」

「あ？」

怒声を上げる重に、男は浅黒い顔を近付ける。

「やめましょう。後で私が拾っておきますから」

「そういう問題ではなかろう」

横目でフミ子に言うと、再び男の顔を見上げた。

「早く拾うんだ。山はゴミ箱じゃない」

「うるせーな！　ジジイ！」

男は片手で重を突き飛ばした。

若者であればどうということもない力であったが、弱った老人の体は、よろよろと崖に引き寄せられていく。

「危ない！」

間一髪。フミ子がリュックサックごと、背中を支えてくれたようだ。

「すまない」

振り返った。……フミ子の姿がない。あるのは耳当てつきの帽子だけ……。

一瞬にして消し飛ぶ怒り。重の顔から、血の気が失せた。

振り払うようにリュックサックを下ろすと、呆然と立ち尽くす男には目もくれず、石の階段を滑り下りた。

「フミ子！」

草むらの中で仰向けに倒れるフミ子を抱き起こした。

「おい！　フミ子！」

息を荒げ、必死の形相で話しかける。

……返事はない。目をつぶったまま、動かない。

と、車のキーを回す音。すぐにエンジン音と入れ替わった。

「待ってくれ！　救急車を！　救急車を呼んでくれ！」

白いセダンに向け、精一杯叫んだ。

車はタイヤを軋ませ、猛スピードで山を下りていく。

「何ということだ……。おい……。返事をしてくれ……」

涙を浮かべ、縋《すが》るように話しかける。

五メートルほどの高台だが、打ち所が悪かったようだ。

「おい。頼む。返事をしてくれ！　フミ子！　フミ子ー！」

薄暗くなった山々に、重の咆哮《ほうこう》が跳ね返り、虚しく響き渡った。

救急車など、来なかった……。


トングで挟まれたコーラの缶が力に耐え切れず、砂浜に落ちた。ふと現在に戻る重の意識。缶を拾い直し、ゴミ袋に入れた。

コンクリートの階段を上った。くたびれた自転車の荷台にゴミ袋を載せ、ボロボロになった裾に絡みついた砂を払うと、砂浜を後にした。

重なり合うセミの鳴き声を聞きながら、海岸沿いの歩道を走る。

自然を汚す者に、容赦はしない。その命を奪うことに、迷いもない。

『赤い鳥』が、下の方でも見られるように……。

その目的のために生きてさえいれば、亡き妻と、まだ一緒にいられる気がしていた。

バイオリンを乱暴に奏でたようなブレーキ音。家の前に自転車を停めた。

高丸山のふもと。木々に囲まれた、レンガ造りの二階建て。壁を伝う蔦が、高い屋根まで伸びている。

一応はペンションだが、決して人気の宿とはいえない。残念ながらそれだけでは食べていけるはずもなく、家の裏手にフミ子と造った小さな畑で野菜を作り、それを食べ、時には販売し、生活している。

トリガーになってからは、積極的にその力を使った。浜辺で花火をし、後片付けをすることなく帰る者、山に電化製品などの粗大ゴミを捨てる者……。持ち主ごと始末した。

そんな重の働きにより、秋には『自然を汚す者』は激減していた。

しかし、まだやり残したことがある。

重の住む山にある自動車部品、電気機器などを製造している亜鉛工場が行《おこな》っているであろう、産業廃棄物不法投棄の阻止――。

トリガーになる以前から、県に調査を依頼していたが、曖昧な返答しかなかった。

おそらく工場がなくなると、多大な経済的ダメージが生じるのだろう。それを恐れた県は、黙認しているのではないだろうか？　いずれにせよ、自分で確かめる他ない。トリガーの任期が切れるまで、三ヶ月を切った。もう、悠長に待ってはいられない。

重は工場へ向かった。

十月とは思えぬ暖かさ。林道を登っていく重は、ランニングシャツの上に羽織った、茶色の長袖シャツの袖を捲った。

森に囲まれた工場の敷地には、長方形の建造物が並ぶ。グレーの壁に茶色の屋根。

入り口の中年警備員に事情を説明すると、拍子抜けするほどあっさりと、責任者に取り次いでくれるという。一人でも狭く感じそうな待機場所から外へ出た警備員は、黒い鉄製の門を一メートルほど滑らせた。

麦わら帽子を一度取り頭を下げると、責任者が待つという建物を目指し歩き出した。

一階建ての小さな白い建物。ガラス製の手動ドアを押し開け、中に入った。

正面奥に見える『応接室』と書かれたプレート。数人が仕事をする事務所を抜け、木製のドアをノックした。

「はい」

中から中年男の声。重は帽子を取ると、中へ入った。

手前に、向かい合わせに置かれたこげ茶色の布製のソファー。奥には大きな机。そこに座っていた中年男は重に気付くと、読んでいた新聞紙を畳みながら立ち上がった。

「どうも、私、ここの工場長をやっております、村田と申します」

ボリュームのある七三分けの頭を下げ、村田は浅黒い顔に笑みを浮かべて言った。

「どうぞ、そちらにおかけ下さい」

白Yシャツの上に着ている紺色の作業着から伸びる毛深い手で、ソファーに座るよう重に促した。

「では、失礼します」

重はソファーに腰かけると、隣に帽子を置いた。

「で、今日はどういったご用件で?」

村田は応接テーブルに二人分の茶を置くと、グレーのズボンを引き上げながら向かい側に座った。

重は、白くも薄くもなった頭を下げると口を開いた。

「わしは山崎といいます。率直に聞きます。おたくの工場、産廃を不法投棄していませんか?」

重の刺すような視線から目を逸らすことなく、村田は微笑んだ。

「どういった根拠があっておっしゃっているのかは存じませんが、うちの工場は、一切そのようなことはしておりません。どうぞ、ご安心下さい」

「しかし、ではなぜこの工場の裏手の森は、周りと色が違うのでしょう?」

村田は低い声を上げ、笑い飛ばした。

「そういうことですか。しかし、森の木が変色するのには様々な原因が考えられます。山崎さん、ご安心下さい。うちは断じてゴミを山に埋めるなどということはしておりません」

「……」

「それでも、もしまだ気が晴れないのでしたら、県の方に調査を依頼なさったらいかがですか？　きっと原因を調べてくれると思いますよ」

微塵も動揺した様子を見せることなく、村田は笑顔を通した。

……とっくにそんなことはしている。しかし、それを今口にしたところで、無駄だということも分かっている。

重は茶を一口すすると、麦わら帽子を手に取り席を立った。

「……そうですか。お忙しいところ、すいませんでした」

工場を後にした。


次の日も、重は工場に足を運んだ。工場の裏手の、色の変わった土を持って。しかし、村田の対応は同じだった。

その次の日も、工場へ行った。色の変わった土に根を張る木の、枯れてしまった枝を持って。しかし、村田の対応は同じだった。

その次の日も、工場へ行った。工場の脇を流れる川に浮かぶ、魚の不自然な死骸を持って。それでも、村田の対応は同じだった。

こうして、重の工場通いは日課になり、二週間が過ぎた――。

いつも通り工場へ向かう重。声をかける前に開く門。気が付けば、警備員とも顔なじみになっていた。

そしていつも通り、応接室のドアを開けた。

「失礼します。こりゃあ、ひと降りきそうな空ですねえ」

重は奥の机に座る村田の背後にある窓越しに、外を見ながら言った。

「村田さん。今日もあのお話なんですが――」

「しつこいんだよ！　ジジイ！」

耳を塞《ふさ》ぎたくなるほどの怒声。村田の対応だけは、『いつも通り』ではなかった。

「いい加減にしろよ？　こっちも毎日毎日お前みたいな年寄りの相手してやれるほど暇じゃねえんだよ！」

村田は机を殴りつけながら立ち上がると、ドア付近で立ち尽くす重に詰め寄った。

「それでも、地域住民と揉め事起こすと厄介だから、ニコニコ話聞いてやってりゃあ、毎日図々しく来やがってよー！」

村田はランニングシャツの胸ぐらを掴み上げた。外には、雨が降り出していた。

「いいか？　ジジイ。何が目的なのか知らねえけど、あんまり余計なことに首突っ込まねえ方が身のためだぞ？　お前一人、産廃と一緒に山に埋めたところで、誰も気付きゃしねえんだからよ！」

重を乱暴に突き放した。

重はドアに背中を強打すると、痛みに顔を歪めながら、床に両手をついた。

「では……やはり……」

重はゆっくりと、自分を睨みつける村田の顔を見上げた。雨は、雷雨に変わっていた。

「ああそうだよ。山にも埋めてるし、川にも流してるよ。よかったな。これで気が済んだだろ？　二度と来るんじゃねえぞ、ジジイ」

重に背を向け、机に戻る村田。

「確かにもう、二度と来ることはないだろう……」

フラフラと立ち上がる重。ウエストバッグのファスナーが、ゆっくりと開いていく。血管の浮き出た老人の手によって掴み出されたベレッタが、座ったばかりの村田の眉間を捉えた——。

雷鳴の中に、銃声が溶けていった。


村田との会話をすべて録音していた重は、すぐにそれを県に提出。県側は、やむなく工場を停止処分にした。利益を第一に考える知事にとっては、不本意な決断であったが、皮肉にも支持率は上がった。


この後も、『自然の番人』として引き金を引き続け、重のトリガーとしての一年が終了した。

やるだけのことはやった……。

ゴミ拾いは続けながら、ペンションのオーナー兼従業員に戻った。が、人気は相変わらずであった。ましてや海水浴にも登山にも厳しい二月。少なくとも暖かくなるまでは、観光客など来ないであろう。

そう思っていた矢先、一件の予約が入った。

久しぶりの客。重の心は弾んだ。客用の布団の準備や風呂掃除など、忙しくしているうちに、あっという間にその日はやってきた。

夕方、レンタカーの白いハイエースでやってきたのは、四人の中年男女だった。

「こんにちは。予約を入れた、岡田と申します」

運転席から降りた背の高い男は、日焼けした顔に笑みを浮かべて言いながら、さらりと真ん中で分けた白髪混じりの頭を下げた。

チェック柄の長袖シャツ。ポケットだらけのベスト。膝にかかったハーフパンツ。厚い生地のハイソックス。泥のついた登山靴。山登りをしてきたのだろう。

「いらっしゃいませ」

仕事着である紺色の作務衣《さむえ》に身を包んだ重も、笑顔で言った。

スライド式のドアが開いた。まず降りたのは、肥満気味の小柄な女。こげ茶色のショートヘアーにパーマをあてている。続いて、痩せた顔に四角い銀縁眼鏡をかけた男。最後に、大きな目の脇に泣きボクロのある女。若い時はさぞ男を魅了してきたことであろう。皆、岡田とよく似た服装、装備。

降りてきた三人は、人の良さそうな笑顔を浮かべ、重に挨拶をした。

「お疲れでしょう。さあ、中へどうぞ」

四人を部屋へ案内した。

客室は二つ。どちらも、玄関に入ってすぐ右手の階段を上った、二階にある。

二階の廊下で、それぞれの部屋へ入ろうとする四人に声をかけた。

「汚い宿で、申し訳ありません」

「とんでもない。雰囲気があって、素敵なペンションじゃないですか」

「ありがとうございます。今、食事の支度をしますので、どうぞ寛いでいて下さい」

「はい。でも、お一人で大変でしょうから、急がなくても大丈夫ですからね」

「あ、私料理得意なんで、手伝いましょうか？」

「いやいや、お気持ちだけで。皆さんはゆっくりなさってて下さい」

頭にタオルを巻き、一般家庭のキッチンとそうは変わらぬ広さの厨房で、調理を始めた。

決して豪華ではないが、自分の畑で採れた野菜で作る、自慢の料理だ。


四人がけのダイニングテーブルの上に皿を並べ、準備が整ったことを知らせた。それぞれ楽な服装に着替えた四人は、八畳ほどの食堂にぞろぞろと入ると、席に着いた。

「あら、おいしそう」

「こんな物しかお出しできませんで……」

重は、最も近い岡田から順に、四人のグラスにビールを注いだ。

「どうぞ、お召し上がり下さい」

「では、いただきます」

四人は礼儀正しく手を合わせた。

「あら、おいしい。このお野菜は、どこで仕入れてくるんですか？」

「一応、うちの畑で作ってるんです」

得意気になってしまいそうな自分を、抑え込んで答えた。

「あら、そうなんですか！　甘みが違いますわね」

「どうもありがとうございます」

フミ子共々褒められているような気がして、心底嬉しかった。

隣が同性という席の座り方を見て、重はふと疑問を抱いた。部屋も男女別。夫婦二組ではなさそうだ。

「あのー。失礼になってしまったら申し訳ないのですが、皆さんはどういった繋がりで？」

岡田の横から、四人を見渡す。

「失礼だなんてとんでもない」

立っている重を見上げ、岡田が答えた。

「私達は、『自然愛好会』というサークル仲間なんです。今ある自然を少しでも未来に残そう、という目的で作ったんですが、正直なところ、ただゴミ拾いをしているだけでして。休みが合うとこうして集まって、山に登っては景色を見たり写真を撮ったりしているんです」

岡田は照れ笑いをしながら、白髪混じりの頭を掻いた。

「さようでございますか」

重の顔に、無意識に笑みがこぼれる。

「ええ。この山の頂上に珍しい鳥がいると聞いたものですから、明日はそれを見に行こうと思っているんです」

きっと『赤い鳥』のことだ。重の胸が躍る。

「では、もしお邪魔でなかったら、私に案内させて頂けませんか？」

「それは助かります」

岡田は力強い口調で答えた。

「あら、よかったわねぇ」

パーマの女がポンと手を叩く。

「是非、お願いします」

泣きボクロの女は、微笑みながら上品に頭を下げた。

「決まりですね」

眼鏡の男は、重の顔に笑顔を向けた。

「いやー、明日が楽しみですねぇ。ご一緒に、一杯やりませんか？」

岡田が空のグラスを差し出す。

「いや、私は……」

戸惑いながら、グラスに両手の平をかざした。

「まあまあ。そう仰《おっしゃ》らずに。同じ、自然を愛する仲間じゃないですか」

重の血管が浮き出た手に、グラスが押しつけられる。

「そうですよ。一緒に飲みましょう」

「他のお客さんもいないことですし」

「いろんなお話、聞かせて下さい」

四人の視線が、重に集中する。

「……では、遠慮なく」

照れ笑いを浮かべながら、グラスを掴んだ。


こんなに楽しかったのは、どれくらい振りだろうか……。

後片付けも終わり、四人が寝静まった深夜。重は、食堂と薄壁一枚挟んだ畳敷きの寝室の奥にある、フミ子の仏壇の前に座っていた。

悲しげな金属音が、静かに鳴り響く。

「今日は、久しぶりにお客さんが来たよ。とても自然が好きな、いい人達だよ。ここに来る人みんなが、あんな風になってくれたらいいねぇ。ひょっとしたら、今日のことは、一年間頑張ったご褒美なのかもしれないよ」

少し笑った。

遺影の中のフミ子も、さらに笑ってくれたような気がした。

「明日、皆さんと山頂に行ってくるよ。写真撮ってくるから、待っていておくれ。じゃあ、お休み……」

翌朝。五人になった『自然愛好会』の一行は、ハイエースに乗り山頂へ向かった。

皆、前日にまして装備を整え、張り切っている。

「いやー。いい天気ですねぇ」

助手席に座る岡田は、上体をよじり、後ろの三人に向けて言った。

「ほんと。雨だったらどうしようと思って、心配したわ」

「山では、天気予報なんて、当てになりませんからね」

「でも、見られるといいですねぇ。『赤い鳥』」

四人は、遠足に行く子供のように興奮している。

「きっと、見られますよ」

重はハンドルを握りながら、ルームミラーに映る後部座席に、笑顔を向けた。

高丸山の中腹。高台の下の駐車スペースに、ハイエースを停めた。

「ここからは、道が舗装されておりませんので、徒歩になります」

シートベルトをはずしながら言った。

「ああ、そうなんですか。運転お疲れ様です。ありがとうございました」

重に頭を下げながら、岡田もシートベルトをはずした。

後部座席からも、重なり合う感謝の声。

重を先頭に、まだ緩やかな山道を進む。風は冷たいが、しばらく歩いて温まった体には心地が良い。汗ばんできた重は、フミ子にもらった手編みのニット帽を少し上げた。

「あのー。あとどのくらい歩くんでしょうか？」

後方からパーマの女の声。息切れをしているようだ。

「そうですねぇ。大体六、七キロかと。でもきっと、苦労した後に見る『赤い鳥』は、より一層綺麗だと思いますよ。さぁ、頑張って登りましょう」

歩きながら励ました。

「そうですか。じゃあ、ここでいいです」

すぐ後ろから、岡田の声。

「そうね。この辺でいいわね」

「そうですね」

「しかし皆さん、せっかくここまで来たんですから、山頂まで行きましょう」

重は足を止め、振り返った。

鈍い音と同時に、額に走る激痛。

一瞬だけ見えたのは、登山用の杖を両手で振り下ろした岡田の姿。

重は額を押さえながら、よろよろとふらつき、土と草と石の地面に片手をついた。

「『赤い鳥』？　そんなもん、どうだっていいんだよ。うちの息子はなあ、砂浜にタバコ捨てただけで殺されたんだよ」

みるみる額の腫れていく重を見下ろし、岡田は吐き捨てた。

と、入れ替わるように眼鏡の男が重の前に立った。男はリュックサックから取り出した夕べのビール瓶を高々と掲げ、重の頭に振り下ろした。

乾いた炸裂音。瓶と頭が、同時に割れる。

男はしゃがみ込むと、痛みに顔を歪め頭頂部から血を流す重に、互いの鼻が触れるほどの距離まで、顔を近付けた。

「うちの娘は、花火を片付けなかっただけで殺されたよ」

低いトーンで言い終えると、横に立つパーマの女に、割れたビール瓶を差し出した。

ビール瓶を受け取り、男と入れ替わったパーマの女。片膝をつく重の腹に、それを突き刺した。

重の、喉を潰すような絶叫がこだました。

ガラスの破片が散らばる地面に横向きに倒れる重に向け、彼女は涙を流しながら言った。

「う、うちの息子は、や、山に……テレビを、捨てただけで……」

その先は嗚咽《おえつ》に邪魔をされ、言葉にはならなかった。

と、重の日の前にはすでに、包丁を持った泣きボクロの女が立っていた。

泣きボクロの女は、腹から溢れ出す血を必死で押さえる重の前に両膝をつくと、凍るような冷たい目で言った。

「村田の妻です」

重の脇腹に、包丁を突き立てた。

眼球が飛び出しそうなほど開かれるまぶた。口から吐き出される鮮血。ニット帽が、地面に落ちた。

登山をするためではなく、指紋がつかないようにするために手袋をしていた四人は、弱々しく呻《うめ》く重を罵りながら山を下っていく。

重は血だらけの手を伸ばし、ニット帽を掴んだ。

わしは……間違っていたんだろうか……？

ゴロリと仰向けになった。痛みが、寒気にすり替わっていく。

朦朧とする意識の中、曇りかけた視界に入っているのは快晴の空と森の木々――。

ゆっくりと、血まみれのまぶたが閉じられていく……。

「！」

まだ見える一本の木。枝の分かれ目に鳥の巣……。もう山頂にしかいないはずの『赤い鳥』が、雛鳥に餌を与えているではないか……。

その姿を眺めながら、重は眠りに就いた。死に顔には、笑みが浮かんでいた。


「きれいだねぇ」

「そうですねぇ」

木戸奈々子

東京都港区にあるフォトスタジオ——。

「お疲れ様でした！」

カメラマンをはじめ、スタッフ達の元気のいい声が重なり合う。

「お疲れ様でした」

こげ茶色のロングヘアーの頭を下げながら、白いビキニ姿の奈々子も笑顔で返した。手渡されたバスローブを羽織り、控え室へ向かう。

二十三歳の奈々子は、小さな芸能プロダクションに所属している。長身だが、ベビーフェイス。顔もスタイルも一級品だが、人に自慢できるような仕事などしたことはない。

今日の仕事にしても、雑誌の広告ページに掲載されるダイエット食品のイメージ写真の撮影であったが、自分の名前が出るかどうかも分かりはしない。

でもそれでいい。生活をするためにやっているのだ……。

――じょゆうさんになりたい――

小学校の卒業文集に書いた奈々子の言葉。しかし今では、本人がその夢を忘れてしまっている。

翌日。この日の仕事は、クイズ番組のアシスタント。バニーガールの衣装を着て、正解したパネラーにレイをかけるというものだ。

名前など出はしない。でもそれでいい。

三時間の収録が終わった。ずっと立っているのも、もう慣れた。

すべての出演者がスタジオを出たことを確認し、一応用意されている控え室に戻った。

縦長の部屋。青いショートパンツ。袖口の広い白Tシャツ。踵《かかと》の高いサンダル。私服に着替えて、鏡張りの壁から直接飛び出している机に、畳んだ衣装を置いた。

と、ドアをノックする音。

「はい」

首を回し返事をすると、ドアが開いた。

「お疲れ」

社長兼マネージャーの江藤は、切ったばかりの携帯電話を、チャコールグレーのスーツのポケットにしまいながら言った。

江藤――大手プロダクションから三十三歳で独立した男。今の事務所を立ち上げ、二年になる。一見ホストのような風貌だが、前事務所のマネージャー時代、所属タレントを『物』としか考えない社長と対立し、今に至る。

「お疲れ様です」

奈々子は頭を下げた。

「あのさ、木戸。今日、番組の打ち上げがあるらしいんだよね。急で悪いんだけど、顔だけ出してくれないかな？　プロデューサーの手島さんが是非って。お世話になってる人だし、うまくいけば仕事回してくれそうだし。それとも、今日予定入れちゃってた？」

江藤は手帳を持ったままの手で、伸びた茶髪頭を掻いた。

「いえ。予定はないんですけど……」

騒がしい場所も親しくない人間との会話も苦手な奈々子は、なるべくなら行きたくはなかった。

「そっか。よかった。じゃあいいかな？　もちろん、俺も行くからさ」

奈々子の性格を知っている江藤は、顔色を窺いながら言った。

「……はい」

奈々子は不満を悟られぬように言いながら、ストローハットを被った。

打ち上げは、都内の焼肉店で行われた。出演者、スタッフ、約三十人が貸切の座敷席に座り、酒を飲み、肉を食べている。

二列に分かれたテーブル。奈々子は、出演者用の席の最も下座に座り、苦手なビールをちびちびと飲んでいる。

ついさっきまで隣にいた江藤は、タバコと肉が出す煙が立ちこめる中、忙しく酌をしながら、張り切って名刺を配っている。

収録は終わったというのに、休む間もなくテキパキ動くADに感心していると、思ったより早く時間が過ぎた。

と、奈々子より二、三歳若いであろうアイドルが、最も上座に座る大御所芸能人に、笑顔で近付いていった。

「隣いいですかー?」

猫撫で声で言った数分後には、キャミソールの上から胸を触られている。が、笑っている。

あれで仕事を増やそうとしているのであれば、売春婦の方が数段マシに見える。

奈々子は、一切の泡が消え失せたビールで口を濡らした。

「楽しく飲んでる?」

中年男の声に、左を見上げた。伸びた天然パーマ。奈々子の倍はあろう大きさの顔。膨れた腹まで見えそうなほどボタンを開けた、白いシャツ。色あせたジーンズ。

「あ、はい……」

奈々子が答える前に、男は座っていた。

「うちの番組、今日が初めてだったよね? あ、プロデューサーの手島です」

手島は満面の笑みを浮かべた。

「木戸奈々子です」

うまく笑えていないことを自覚しながら、頭を下げた。

「うん。知ってるよ。綺麗だよねー」

手島はさりげなく、奈々子の太腿に毛深い手を伸ばした。

「いえ。そんなこと……」

背筋に悪寒が走る体を右にずらし、避難した。

「え? どうして逃げるの?」

名が売れていない奈々子の拒否反応が癪《しゃく》に障ったのか、手島の顔は笑っているが、目だけは違った。

「いえ。そういうわけでは……」

「ならよかった。じゃあこの後……分かるだろ?」

酒臭い息。手島は距離をつめ、再び奈々子の太腿に手を伸ばした。

愛想笑いをしながら、奈々子は手島を刺激しないよう言葉を選んだ。

「でも、奥さんいらっしゃるんじゃ……」

また横にずれようにも、掘り炬燵《ごたつ》の角だった。

「今、別居中なんだよ」

手島はなぜか自慢げに言った。

「でも、やっぱりよくないんじゃないでしょうか……」

奈々子は自分の顔が、完全にひきつっていることを自覚していた。

「なんで？」

手島がニヤけた顔を近付ける。

「手島さん」

背後から江藤の声。二人は振り返った。

「申し訳ないのですが、うちのタレントにはそういうことはさせてないんです」

強気な口調。真っ直ぐな目。江藤の信念を感じた。

「何言ってんの？　江藤ちゃん。そういうことって何？　それともうちの仕事もういらないってこと？」

笑い飛ばしてはいるが、目から怒りが滲み出ていた。

「そんなことは言ってません。ただ――」

「江藤さん。大丈夫です。本当に……私、大丈夫ですから」

江藤を潰すことなど、手島には容易《たやす》い。江藤もそれは分かっている。その上で、そのリスクを背負ってまで言ってくれた。それだけで充分。あとは自分でなんとかする。

奈々子は江藤に微笑んだ。

「……失礼しました」

江藤は強くまぶたを閉じながら頭を下げると、席を後にした。

「あいつも生意気になったなあ」

手島は舌打ちをすると、奈々子に向き直った。

「まあ、社長の許可も下りたことだし。決まりだね」

下心全開の笑顔。

「実は私、犬を飼ってて、餌をあげなくちゃいけないので、今日は帰らないと……」

携帯電話を開き、画像を見せた。

「へー。かわいいね。じゃあ、奈々子ちゃんの家でいいじゃないか」

「でも……狭いし、散らかってますし、遠いですし……」

頭をフル回転させたが、他には出てこなかった。

「そんなこと、気にしなくていいよ」

手島は大きく笑い飛ばした。

「いや、でも……」

「じゃあこうしよう。OKしてくれたら、今度うちで作る映画で使う。約束するよ」

おそらく出任《でまか》せであろう。が、その言葉は奈々子の夢を呼び覚ました。

——じょゆうさんになりたい——

「……分かりました」

夏だがまだ日は出ていない頃、打ち上げは終了した。

店の前の歩道でまだしゃべっている関係者達を尻目に、奈々子はえらく上機嫌な手島と、タクシーに乗り込んだ。

「どちらまで？」

若い運転手は、振り返って訊ねた。

「戸田の方に向かって下さい」

奈々子は曇った表情のまま答えた。

「かしこまりました」

「急ぎで！」

手島は嬉しそうに、赤くなった顔を突き出しながら言った。

右から聞こえる、まるで興味のない自慢話に相槌を打つこと約二十分。緑色のタクシーは、国道十七号線、戸田橋を走っていた。

「酔っ払ったよー」

ついに我慢ができなくなった手島は、奈々子に抱きついた。

「もうちょっとですから」

奈々子は笑いながら、手島を突き放した。

『埼玉県に入りました』

カーナビの音声案内。

奈々子の持つベージュのトートバッグ。その中に入っているベレッタのＬＥＤが、赤から青に変わる。

奈々子はベレッタを取り出し、手島の股間に狙いを定めた。

「え？」

一瞬にして、酔いが醒めたようだ。

権力がなければ女を抱くこともできない豚野郎――。

引き金を引いた。

爆音。飛び散る鮮血。手島の絶叫。

急ブレーキ、急ハンドル。ロックされたタイヤが悲鳴を上げ、激しいGが体を右に引き寄せる。……タクシーは停車した。

急所に鉛弾、左頬に奈々子の肘打ちをくらった手島は、内窓を頼るようにうずくまりながら、両手で力一杯股間を押さえている。

「私、犬なんか飼ってません」

豚野郎から距離をとり、埼玉県のトリガーは鼻で笑った。

激痛とハメられたことに対する怒りに、奈々子を見る手島の額の血管は破裂寸前まで膨れ、今にも飛び出しそうなほど見開かれた目は充血し、涙が浮かんでいる。

元々持っている自分の魅力で遊んでいる男に、嫌悪感は抱かない。が、この男は『立場』を手に入れてからはしゃぎ出したタイプ。反吐《ヘド》が出る。

やがて手島の顔は青ざめたかと思うと、まぶたが閉じられ、ぐったりと下を向いた。

「びっくりさせてごめんなさい」

奈々子は、自分のボールペンでタクシーチケットに金額とサインを記入すると、まだ心拍数が下がらないまま、小刻みに瞬きをする運転手に差し出した。

タクシーは警察署へ向かった。

橋の上、ポツンと一人。と、振動するバッグ。

汚《けが》らわしい返り血を受け止めてくれたバッグから携帯電話を取り出し、通話ボタンを押した。

「木戸。大丈夫か？」

声だけで江藤の焦りが伝わった。

「はい。……私は」

少し笑った。

「そうか。よかった……。今日はごめんな。あんな人だって俺知らなくてさ」

安堵する江藤も、まだ外のようだ。

「貸し一ですよ？」

からかうように言った。

「怖いんだよなー、お前のそれ。で？　どうすればチャラになる？」

「あのー。芝居のオーディション入れて下さい！」

「……お、おう。分かった」

拍子抜けしていた。

「じゃあ、気を付けてな」

「はい」

携帯電話をバッグに入れた。

顔を上げ、首を回した。遥か遠くから『空車』のランプが点いたタクシー。奈々子は白い革製の財布を開けた。……一一〇七円――見送った。

「あーあ。もっと家の近くで撃てばよかったな」

一度伸びをすると、日が昇りかけた橋の歩道を歩き出した。

永井悠紀夫

「えー。では、教科書一三三ページ。日本が国王制になるまで。かつての日本は、問題が山積みでした。年金破綻やゴミ問題、それから国自体の抱える莫大な借金など。他にも数え切れないほどでした。これらに対し、国会で議論を繰り返して対策を練っても、すべて後手に回ってしまい、一つの問題が解決に向かう頃には、新たな問題がいくつも発生していました。そんな中、政治評論家の前田教授が、このままでは日本が二一三〇年までに確実に破滅する、ということを著した『日本破滅論』を世に出しました。これにより我が国はようやく結論を出すスピードを上げる必要に迫られ、二〇一五年頃から、国王制が叫ばれるようになりました。そして二〇一八年。ついに、国民投票により、坂本賢一が初代国王に選ばれました。まぁ、国王といっても我が国の仕組みからして、どちらかというと大統領に近い存在だな。………今日も誰も聞いてないや」

群馬県の私立高校。教卓から教室内を見渡し、永井はため息をついた。

自分の席などあってないようなもの。それぞれ気の合う友人と、楽しげに会話している。大人しい生徒がいるかと思えば、漫画に夢中であるケースがほとんどだ。挙句《あげく》の果てに最後列の窓側では、山田を筆頭とする不良グループが、堂々と机の上に金を広げ、トランプゲームを楽しんでいる。

二十五歳という若さも、生徒達にナメられる原因の一つなのだろう。この現状に怒りを感じることはあっても、永井はそれを表に出せる性格ではなかった。

落書きだらけの時間割。その上に貼りつけられた時計に目をやると、チョークをしまい、教科書を閉じた。

チャイムが鳴った。永井は日直の号令を待つこともなく、一年三組の教室を後にした。待ったところで、号令など永遠にかからないことを知っているからだ。

深いため息をつくと、細身の紺のスーツに包まれた華奢《きゃしゃ》な肩を落とし、コンクリートの廊下を歩いていく。茶色のサンダルが鳴らす音にも、元気がない。

と、ポンと肩を叩かれ、振り返った。

「先生。私は今日の授業、面白かったですよ」

女子生徒の中森は、色白の顔に笑みを浮かべながら言った。

「ああ……」

永井は下手な笑顔で答えた。

「じゃ」

セミロングの黒髪と青いチェックのスカートをふわりと浮かせながら踵《きびす》を返すと、中森は教室へ戻っていった。

「ありがとう……」

少しだけ救われた。


「お疲れ様です」

一階の職員室に戻った。が、そこも永井にとって、決して居心地の良い場所とはいえない。入ってすぐの席に、扉に背を向け座った。正面のグラウンドを眺めていると、他の教師の会話が耳に入ってくる。

「しかし、どうにかなりませんかね？　三組の山田のグループ」

「いやー。もう、手がつけられませんよ。奴ら、ちょっと注意するとすぐ暴力ですからねえ。そのくせ、こっちが手を出そうものなら、『体罰だ。クビにしろ』って、親が出しゃばってきて。我々教師には、本当に生き辛い時代になってしまいましたね」

「仰る通り。まあ、お互い下手なことはしないように気を付けましょう。変に頑張ったところで、給料は変わらないんですから」

「ははは。それもそうですね」

長めの黒髪をヘアワックスで持ち上げた頭の後ろで両手を組み、永井は、その通りだとも、それではいけないとも思った。

勤務時間が終わった。

「今日も疲れたんだか、疲れてないんだか」

ため息をつきながら、白のレガシィに乗り込んだ。中古車だが、安月給をコツコツ貯めて買った愛車である。

ドラマや漫画の主人公のような教師に憧れを抱き、自分も教師になるにはなったが、この二年数ヶ月で理想など消え失せた。

月六千円の、砂利の駐車場にレガシィを停めた。その隣にある二階建ての白いアパート。歩を進めるたび足音が響く鉄の階段を上っていく。上ってすぐの二〇一号室。そのドアを開けた。

ユニットバスでシャワーを浴び、扇風機の前でカップ麺をすする。食べ終わると、折り畳みのテーブルの上で翌日の授業の準備を済ませ、角に置かれた一四インチのテレビを点ける。白い壁際に置かれたベッドに寝そべりそれを眺め、眠くなったらそのまま眠る。

自分のこの人生が、面白いものだとは思わない。しかし、ほとんどの人間が似たようなものなのだろう。納得はできていた。


そんなある日。永井はいつものようにテレビを見ていた。

「——射殺許可法を制定する！」

国王が演説をしていた。

「なんか、とんでもない法律ができるんだなあ。まあ、いいや。寝よう」

テレビを消し、薄い毛布に包《くる》まった。

……眠れない。普段なら聞こえない秒針の音。寝返りを打つたび、安物のベッドが軋む。眠くならない。

明け方、永井は決意した。


約二週間後、トリガー試験当日――。

「よし。忘れ物はないな。っていっても、持っていかなきゃいけない物もないみたいだけど」

永井は念のため、スーツを着て家を出た。

電車で二十分。そこから徒歩で十分。涼しくなった秋の歩道を歩き、会場に着いた。道路が渋滞していることから、車で来なかったのは正解といえる。

建物はコンクリートの白い四階建て。周りは田んぼや畑。永井が敷地内に入った頃には、会場はすでに、大勢の希望者でごった返していた。

「受付はあそこか」

建物の外まではみ出している長蛇の列。仕事のできそうなサラリーマン。競馬新聞に赤鉛筆で印をつける中年男。買い物籠を持った主婦。パンチパーマに派手なスーツの男。ミニスカートの若い女。重そうにかばんを持つ老婆。様々だ。

「俺が受かったら、お前ら覚悟しとけよ？」

「バーカ。お前が受かるわけねーだろ！」

「お前こそありえねーよ」

「決めた。最初にお前ぶっ殺す！」

背後から若者グループの声。早くも最後尾ではなくなったようだ。

「こんな奴らが選ばれたら、どうなっちゃうんだろう？」

心の中で呟きながら、苦笑いを浮かべた。

受付を済ませると、渡された番号札を持って、指示通りに進んだ。

「ここか」

教室によく似た部屋。違うのは机、椅子、壁が綺麗なこと。黒板の代わりに巨大スクリーンがあることくらいか。

「なんか、免許センターみたいだなぁ」

部屋に入った時、まだ席は半分ほど空《あ》いていたが、指定された席に永井が座って間もなく、すべて埋まった。

「えー。では、試験を始めます」

正面に立つ、紺色のブレザーを着た中年男が、白髪頭を下げた。

「まあ、試験といっても、今から私の後ろにありますスクリーンに映る映像を二時間ほど見て頂くだけですので、あまり緊張なさらず、映画でも見るつもりでご覧下さい。では」

白髪頭の男が合図を出すと、白衣を着た者達が現れ、全員に脳波計を装着し始めた。それを気味悪く思ったのか、主婦らしき女は白髪の男に頭を下げ、部屋を出ていった。

脳波計の入念なチェックが終わり、室内の明かりが落ちる。

山。戦争。海。殴り合い。老夫婦。狩り。赤ちゃん。事故——様々な映像が流れ、終了した。

明かりが戻り、白髪の男が正面に立った。

「皆さん、お疲れ様でした。結果は合格者の方にのみ、ご連絡いたします。十二月二十日までに連絡がない場合、残念ながら不合格となります。では、皆さん、気を付けてお帰り下さい」

「これで終わりか。なんか、拍子抜けだなぁ」

永井は欠伸《あくび》をしながら、大きく伸びをした。


十二月十九日——。終業式を終え、家に帰った永井は、ドアのポストを開けた。

ピザ屋のメニュー。不動産の物件。出張マッサージの料金表。粗大ゴミの引き取り。Ａ４サイズの黒い封筒。すし屋のメニュー。

「ん？」

永井は黒い封筒だけを手に取った。

切手が貼っていないことから、何者かが直接投函したと思われる。

手で破りながらも、丁寧に封筒を開けた。

永井悠紀夫殿。先日の試験の結果を受け、来年一月一日より、貴殿を群馬県のトリガーに任命する。
国王　冴木和真

「僕が……トリガー……」

黒目がちな瞳を見開き、速まる鼓動を深呼吸で誤魔化す。

何度も読み返すが、間違いなく国王のサインだ。

「本当に受かっちゃった……」

封筒には、もう一枚白い紙が入っていた。通常の電話なら、あるはずのない桁の番号――。

そこに連絡を入れ、指定された日時に、指定された場所へ向かった。とはいえ、永井の生活も考えているのだろう。日時については、複数の選択肢が与えられた。


「なんかこの辺、夜だと気味悪いなぁ」

白い息と共に、独り言が漏れる。フードにファーのついた黒いコートから出ている両手を擦《さす》りながら、永井は人影のない歩道を歩いた。

指定の場所は試験会場だった。門が少しだけ開いている。

永井は辺りを見回しながら、敷地内に入った。そのまま建物へ近付く。

二箇所だけ点けられた一階の蛍光灯。その光を背中で浴びながら、建物の前に二人の男が立っている。

一人は紺のブレザーにオールバックの白髪頭。試験の時の男か。もう一人はデザート迷彩の軍服を着た、背の高い男。三十代前半。

「お待ちしておりました。永井悠紀夫さん」

白髪の男は笑顔で言った。

軍服の男は敬礼をしている。

「どうも、こんばんは……」

永井は二人の顔色を窺いながら、頭を下げた。

空気の籠った薄暗い通路。二人の後に続き、階段で地下二階まで下りた。

「では、こちらです」

永井の前を歩いていた白髪の男が足を止め、振り返った。目の前には、建物の造りになじまない、グレーの電子ロックの扉――。

軍服の男は、扉の脇にあるパネルにカードを通した。電子音がしたかと思うと、エアーの抜けるような音と共に、扉がスライドした。

「どうぞ」

「あ、はい」

軽く頭を下げると、永井は部屋に足を踏み入れた。

コンクリートの壁に囲まれた、奥行き二〇メートルほどの射撃レーンが三列。奥には十数体のマネキンが並んでいる。

「ここで、銃の使い方を覚えて頂きます」

センターのレーンに立つ永井に、白髪の男は閉まったばかりのドア付近から声をかけた。

「はい！　よろしくお願いします」

緊張の面持《おももち》ちで振り返った。

「失礼ですが、実弾を撃った経験はお有りですか？」

「いいえ。……すいません」

「いえいえ。普通はそうですから。こちらこそ失礼しました」

なぜか謝罪した永井に、白髪の男は微笑みながら言った。

「おい」

「は！」

白髪の男が合図をすると、軍服の男は永井の目の前、カウンターの上にベレッタを丁寧に置いた。

「すぐに使えるようになります。あまり緊張なさらずに」

生真面目な口調は崩さずに、軍服の男は日焼けした顔に笑みを浮かべた。

「あ、はい。ありがとうございます」

「まず、持ち方ですが――」

「では、ご自分であのマネキンを撃って下さい」

言い終えると、軍服の男は数歩後退りした。

「はい」

目の前にはベレッタ本体、空のマガジン、十数発の弾丸。

冷えたマガジンを左手で掴み、そこに一発一発丁寧に弾を込めていく。

右手でベレッタを握った。マガジンを差し込み、スライドを引いた。

心地の良い金属音。

グリップに左手を添え、構えた。撃鉄を起こし、マネキンの頭に照準を合わせる。

「いいですよ。あまり力まず、引き金を引いて下さい」

「はい」

絞り込むように、引き金に力を加えていく。

「……」

「……」

「……」

爆音——。無意識に跳ね上がる右手。指先から肩まで突き抜ける衝撃。暴れる鼓膜。砕け散るマネキンの頭部。

そこには絶大な暴力があった。

「お見事」

軍服の男が笑顔で言うと、白髪の男が手を叩いた。

「あ、ありがとうございます」

永井は振り返り、照れくさそうに頭を掻いた。

翌日。休みだった永井は昼過ぎに目を覚ました。

「……なんか、夢みたいだったなあ……」

欠伸《あくび》をしながら大きく伸びをする。ふと右手に感じた違和感に、動きを止めた——ベレッタを握っている。

「！　……持ったまま寝たんだっけ」

苦笑いしながら、寝癖のついた頭を掻いた。

三学期が始まった。かばん。財布。鍵。携帯電話。その他に、二つ持ち物が増えた——ベレッタ、電子手帳。

——年が変わると同時に、銃のロックが解除されます。何かありましたらいつでもご連絡下さい——

受け取った時には赤だったフロントサイトのランプ。青に変わっている。

永井は緊張しながら、胸のホルスターに鉄の凶器をしまった。

教室。永井がトリガーになったことなど知る由もない生徒達は、相変わらずであった。その中でも特に目につくのは、トランプを楽しんでいる最後列窓側の不良グループ。

リーダー格の山田。小柄だが凶暴。目にかかる茶髪。

その隣に座る小川。長い金髪、濃い化粧。

山田の前の席。学年一の大男、平野。ボサボサ頭。

その隣で、机の上に座る高田。細い目、細い眉。マスクをしている。

前列二人は、常に教卓に背を向けている。

冬休み明けで、騒々しさに拍車がかかった教室内を見渡し、永井はため息をついた。

「……今日も誰も聞いてないや」

トリガーになったところで、何も変わりはしないのか。

「さすがにヤバイだろ」

高田の、トーンの高い声。

「永井の時は平気だよ」

山田は笑いながら手持ちのカードを一度机に置くと、短ランのポケットからタバコを取り出し、火を点けた。

「おい、山田。さすがにそれはないんじゃないか？」

教科書を教卓に置き、永井は山田に詰め寄った。

永井らしからぬ行動に、クラスの注目が集まる。

「うるせーな！」

ニキビ面をしかめ、山田が勢いよく立ち上がる。

「限度があるだろ」

永井は山田の右手を掴み、タバコを取り上げた。

「何してんだよ！　テメー！」

「もういいじゃん。こんな奴放っといて続きやろうよ」

掴みかかろうとする山田を、小川がなだめた。

「チッ」

髪をかき上げると、山田は席に座った。

勤務時間が終わった。校舎を出た永井は、駐車場へ向かって歩いていく。今までとは打って変わって軽快な足取り。

「ありがとう」

胸にしまった凶器に言った。

「これがなかったら、あんなこと言えなかったな。最初からこうしていればよかった。ちゃんと向き合えば、分かってくれるんだから。……ん？」

何かに気付いた永井は眉をしかめ、立ち止まった。次の瞬間、レガシィに向かって全速力で走った。

「何だよ。これ……」

永井の目の前には、変わり果てた愛車の姿——。

割られたフロントガラス。へし折られたワイパー、ドアミラー。スプレーで落書きされたボンネット——

『死ね』。

「ひどいことを……」

肩を落とした。

と、その肩をポンと叩かれ振り返った。

クリーム色のセーター。薄茶色のチェックのマフラー。友人の竹下と下校する中森だった。

「先生、ごめんなさい。私、山田のグループが先生の車にいたずらしてるの見てたのに。何も言えなくて

「……」

中森は地面に視線を落としながら言った。

「いや、いいんだ。君は悪くないよ」

永井は無理に笑った。

「元気出して下さい。さようなら」

「ああ。気を付けて」

竹下と校門を出ていく中森を見送ると、深いため息をついた。

「……電車で帰るしかないか」

校門に向かって歩き出した。と、永井の足が止まる。振り返ったその視線の先には、寂しげな愛車――。

「ごめんな。金が貯まったら、必ず直すからな」


翌日。学校に着いた永井は、真っ先に二年三組の扉を開け、後ろで楽しげにしゃべっている四人に詰め寄った。

「お前らだな?」

永井の剣幕に、他の生徒の注目が集まる。

「何のこと?」

振り返り、高田が答えた。マスクをしていても、にやけているのが分かる。

「答えろよ」

「だから何が？」

奥の山田も笑っている。

「分かってるだろ」

永井は、足を投げ出して座る山田に視線を移した。

「何もう。しつこーい！」

ハスキーな声。足を組んでいる小川は、傷んだ金髪を指に絡めた。

「お前らがやったのを見たっていう生徒だっているんだ」

つい口をついて出てしまった永井の言葉に、ほぼ中央の席に座る中森は反射的に、クラスで一人だけ目を逸らした。

「間違いを認めて、謝ってくれればそれでいいんだ」

永井は四人に視線を巡らせながら、口調を強めた。

山田の高笑い。

「誰がお前なんかに謝るかよ。まあ、あんま調子に乗らねーことだな。永井先生よ」

人を食ったような口調。立ち上がった山田は、横から永井の肩を叩いた。

他の三人も、声を上げて笑う。

「……」

永井は上着の中に右手を入れ、ベレッタを握った。

……が、抜けない。人を殺す覚悟がない。

「何してるんですか？　永井先生」

甲高い声。数学教師の小島が入ってきた。

「いえ。何でもありません」

永井は逃げるように教室を後にした。

「……そう簡単に、人なんて撃てないよなぁ。ここまで腹立ってもできないんだから……」

足取りが、以前にもまして重くなった。


翌日、中森が欠席した。一時間目が終了してすぐに職員室に戻った永井は、中森の自宅に電話をかけた。

「私、聖徳高校の永井と申しますが、由香さんいらっしゃいますか？」

「あ、いつもお世話になっております。それが、足を骨折してしまって」

母親であろう中年女性の声。

「え⁉」

他の教師達が注目するほど、声を上げた。

「私もまだ病院で、連絡できずにすみませんでした。なんでも、『昨日の放課後、階段から落ちた』って本人は言ってるんですけど。何かはっきりしなくて……」

「そうですか……。こちらこそ申し訳ありませんでした。どうぞ、お大事に……」

胸が焼けるような感覚。静かに、受話器を置いた。

時計に目をやった。——まだ休み時間……。永井は二年三組に向かった。

教室前方の扉を荒々しく開けると、通信ゲームに夢中の四人に向かって、最短距離で進んだ。足を止め、怒声を投げる。

「お前らか？」

「何が？」

山田が、ゲーム機から視線を変えずに聞き返した。

「とぼけるな」

「だから何がだよ」

「中森は骨折したそうだ」

飛び交う電子音を抑えつけるように言った。

「へー。だから？」

あくまで画面から目を離さず、山田は鼻で笑った。

「お前らがやったのかと聞いてるんだ」

「しつこいなー！」

ゲーム機を机の上に放るように置くと、小川が席を立った。

「ねぇ、あんたさあ。まだ懲りてないの？　あんまり調子に乗ってると、あんたも骨折するよ？」

マスカラを塗りたくった目をしかめてはいるが、紅を塗りたくった口は笑っている。

堪《こら》えきれず、他の三人は小刻みに肩を揺らす。

永井の右手が、上着の中へ入っていく。ベレッタを握った。

「何突っ立ってんのよ。用が済んだらさっさと出てけよ」

……やはり抜けない。単なる情けか。あるいは、人殺しになることへの恐怖か。しかし——。

永井はグリップから右手を放すと、平手にしたそれに力を込めた。

永井の右手と小川の頬が、小気味の良い高音を奏でた。

小川は金髪を振り乱しながら、一度逸れた視線を永井に戻すと、睨みつけた。

「何すんのよ」

怒りに震えた声。

「お前は自分のしたことがどういうことなのか、分かってるのか？」

永井は真っ直ぐに小川の目を見て言った。

「あ？　何手出してんだよ。てめえ」

山田の怒声を合図に、三人は一斉に机の上にゲーム機を置き、永井ににじり寄る。

と、片手で頬を押さえる小川が、もう一方の手で三人を制した。

「ちょっと待って。ボコるより面白いこと思いついた」

授業開始のチャイムが鳴る。

「ほら、出てけよ」

嘲《あざけ》るように小川が言うと、平野の巨体が、永井をドアへと押しやった。

「くっ」

生徒達の視線を背中に受けながら、教室を後にした。

「何て奴らだ……」

校長室へ向かった。部屋の奥、大きなこげ茶色の机。永井に背を向け、外を見ながら両腕を肘置きにのせて座っている校長に、事情を説明した。

「……これは立派な刑事事件です！　今すぐ警察に——」

「その必要はない」

ライトグレーのダブルスーツに包まれた肥満体を載せ、椅子が回転する。校長は、組んだ両手を机に置いた。

「そんなことより、君はその生徒を殴ったんだね？」

髪の薄くなった前頭部にしわを寄せ、校長は垂れた目をしかめた。

「はい」

予想外の言葉に、永井は戸惑いながら答えた。

「いいですか？　永井先生。うちは私立高校。いわば生徒は、『大事なお客さん』なんです。困るんですよ。その『お客さん』に手を上げるだなんて。しかも厄介なことに、あなたの殴った小川という生徒、ＰＴＡ会長の娘なんですよ」

校長はため息を吐いた。

「それが何だって言うんです⁉　他の生徒に重傷を負わせたんですよ？」

永井は、机に両手を叩きつけた。

「それが本当であれ嘘であれ、そんなことが世間に知れたら、来年の入学希望者が激減してしまいます。そうなったら永井先生。あなたの給料にだって影響しますよ？」

「……」

校長は椅子から立ち上がると永井に歩み寄り、耳元で囁《ささや》いた。

「だから永井先生。そんな事実はないのです」

腐っている。

永井は怒りに震えた右手で、ベレッタを握る。

校長は椅子に腰かけ回転すると、再び永井に背を向けた。

「ああ、それから、面倒なことになる前に、その生徒に謝罪しておくように」

誰が……誰が謝罪などするものか。

ベレッタを抜いた。フロントサイトの向こうには、無防備な守銭奴の背中。引き金に指をかけた。

「どうしました？　もう、用は済んだでしょう」

「……くっ」

……ベレッタを戻し、校長室を出た。

「くそ！」

コンクリートの壁を、払いのけるように殴った。

翌日――。校長に呼び出された永井は、応接室に向かった。

ドアを開けた。向かい合わせに置かれた茶色のソファー。右手に校長。その向かい側に、厚い化粧の中年女。パーマをあてたショートヘアー。小川の母親か。

「早く座りたまえ」

校長は威厳を見せつけるように言うと、中年女に向き直り、胡散《うさん》臭い笑顔を作った。

「すいません。小川さん。お待たせしまして」

「ええ」

しかし小川の母親は、その笑顔を胡散臭いと判断する感性を持ち合わせていないようだ。

永井は会釈すると、校長の隣に座った。香水の匂いが、鼻をついた。

「うちの娘を殴ったという暴力教師はあなたですか？」

嫌味な口調。しわを気にしているのか、口を微《かす》かにしか動かさない。

「確かにひっぱたきました。でも、それは――」

「言い訳をするな！」

声を荒げる永井の言葉を遮ると、校長はまた胡散臭い笑顔を小川の母親に向けた。

「失礼しました」

「困りますねぇ。こんな人が教師をしている学校に、うちの大事な娘を預けるわけにはいきません」

小川の母親は校長の方を向きながら、永井に当てつけるように言った。

「その大事な娘さんは、クラスメイトを階段から突き落としたんですよ！」

「やめないか！　永井君！」

前に乗り出し怒鳴る永井に、またも校長が横槍を入れる。

「何てことを……。娘がそんなことをするはずがないわ！」

しわを気にせず、怒りを露《あらわ》にした。

「したんですよ！　だから殴ったんだ。何なら被害に遭った生徒を連れてきて、証言させましょうか？」

嘘ではないであろう永井の言葉に、小川の母親は鼻から荒く息を出しながらも、平静を装った。

「……もし仮に、もしもそれが本当だとしても、それは学校側がしっかり生徒を管理できていないからじゃありませんか」

「何を言ってるんですか！　苦し紛《まぎ》れに――」

「永井君！　いい加減にしろ！」

怒鳴りつけた校長が胡散臭い笑顔を向ける前に、小川の母親は席を立った。

「もう結構です。この男を処分しないのであれば、こちらにも考えがあります」

怒りに声が震えている。

「お待ち下さい」

慌てて校長が席を立った。

「この男を、減給、並びに謹慎処分にします！」

「何だって⁉」

「これで何とか……」

校長は媚びた目で、母親の顔を覗き込んだ。

「……フン。以後気を付けて下さい」

嫌味たっぷりに言い残すと、ヒールの踵《かかと》を乱暴に鳴らしながら、部屋を出ていった。

「校長！」

ドアまで見送り深々と頭を下げていた校長に、掴みかかる勢いで言った。

「聞こえただろう。今すぐ帰りなさい。まったく、君は何を考えているんだ。あれほど事を荒立てるなと言ったのに」

「……しかし——」

呆《あき》れと怒りの混ざった声で言いながら、校長は元の席に座った。

「帰れと言っとるんだ！」

「……」

この男に何を言おうと無駄。『クビ』にしなかったのも、事が公《おおやけ》になるのを懸念してのことだろう。

永井は力なく部屋を出た。香水の嫌な匂いが残っている。

顔を上げた。前方にはまだ、あの女が歩いている。

……どうせまた撃てやしない。

ベレッタを握りさえしなかった。

「何がトリガーだ。何も変わってないじゃないか……」

涙が浮かんできた。

夜。永井は政府に連絡を入れ、射撃場に向かった。来ていたのは軍服の男だけだった。

「あの、一人にしてもらえますか？」

中央のレーンの前。永井は前を向いたまま訊ねた。

「はい。では終わったら教えて下さい。外で待ってますので」

永井の心を察したように低いトーンで答えると、軍服の男は電子ロックの扉を開けた。

「すいません」

マガジンを差し込みながら言った。

「いえ」

扉が閉まる。

喉から血が出るほどの絶叫、連なる爆音。永井は狂ったように次々とマネキンを破壊した——。

立ちこめる青白い硝煙。用意された弾丸が、底をついた。

息を荒げながら、無数の薬莢が散らばる床に、仰向けになった。

「マネキンなら、こんなに簡単なのに……」

怒りの矛先《ほこさき》は奴らか、自分か、両方か。どうあれ、何もできないまま、永井の謹慎期間は終わった。

伸びた髪。無精髭。うつろな目。二年三組の扉を開けた。廊下に漏れていた騒音が、勢いを増した。

と、大人しく席に座る中森の姿。退院したようだ。が、中森の周りには生徒がいない。とにかく近付いた。

「怪我は大丈夫なのか？」

「あ、はい……」

中森はうつむいたまま、力なく答えた。

「！」

その姿を見下ろす永井は、目を見開いた。

マジックで落書きされた教科書、机、立てかけた松葉杖――。

やり始めた人間は推測するまでもないが、他の生徒達も自分が標的になることを恐れ、それに乗ったのだろう。それにしても、これが本当に、明るく友人の多かった中森なのか……。

顔を上げ、山田グループの方に視線を移した。永井の表情を食い入るように見つめていた四人は、堪《こら》えていた笑いを一気に解放した。

教卓から、教室内を眺めた。中央の中森に背を向け距離をとる生徒達。馬鹿笑いを続ける四人。――地獄。地獄だ。

殺さなければならない。トリガーである自分が、この救いようのない四人を、生かす方が罪。しかし、引き金を引けるだろうか？　……………！

――マネキンなら、こんなに簡単なのに――

永井はゆっくりとまぶたを下ろした。丁寧にイメージを作る……。一気に開いた。

目の前には三十六名の生徒、四体のマネキン。ベレッタを抜いた。銃口を、最も奥にある小柄なマネキンに向ける。

普段通り永井のことなど見てはいない生徒達。まだ誰も気付いていない。

リアサイト。フロントサイト。マネキンの胸部。一直線になった。

いける……。

爆音——。放たれた弾丸はスクリュー回転しながら、背を向けて座る高田、平野の間を抜け、山田の胸に突き刺さった。

静まり返る教室。

わずかに心臓を逸れたか。椅子から転げ落ちた山田はうめき声を上げ、血の吹き出る胸を必死で押さえながら、陸に打ち上げられた魚のように床でのた打ち回っている。

生徒達は恐怖のあまり声も出せず、硬直した。

「なんだ。意外と簡単だったな」

同情、後悔、罪悪感——ゼロ。永井の顔には笑みすら浮かんでいた。

「さて」

振り返り立ち上がった、図体のでかいマネキンを狙う。

爆音。腹から飛び散る鮮血。野太い絶叫。

腹を押さえながら立っている平野は、声を絞り出し、救いを求めた。

「た、たすけ……て」

「頑丈なマネキンだな」

さらに四発の弾丸が、平野の腹に押し寄せた。

大量の吐血。裂けた腹から飛び出す小腸。平野はゆっくりと後ろに傾くと、背中で机を倒し、痙攣《けいれん》しながらぐったりと横たわる山田の上に重なった。

机や椅子を頼るようにしゃがみ込み、気配を消そうとする生徒達。

照準を、マスクを着けたマネキンの眉間に合わせる。

「あと、二体」

高田は、もう生きてはいないであろう二人から、永井に視線を移した。細い目を剥《む》き、か細い悲鳴を漏らした。次の標的は自分。荒くなった呼吸が、マスクの中央部分を前後させる。『逃げろ』という脳の命令を、体は実行することができない。

爆音——。永井の狙い通り、弾丸は立ち尽くすマネキンの頭部に、眉間から侵入した——。

後頭部から脱出する弾丸。それを追うように噴射された脳みそ混じりの血のシャワーが、後ろに座っていた小川の顔面にぶちまけられた。

足元に転がる高田の死体。その見開いたままの目が、自分を見ている。搾り出したような悲鳴を上げる小川。

このままでは、間違いなく殺される。

小川は扉に向かって逃げる。が、腰が抜けている。走るどころか両手の力を借りなければ進むことができない。這って教室を出た。

「動くなよ。マネキンのくせに」

永井はベレッタを下ろすと、倒れている三体のマネキンの脇を通り、動くマネキンを追う。

生徒三人を射殺した男が教室を出ると、生徒達は一斉に、安堵のため息を漏らした。

廊下は、銃声を聞きつけた他のクラスの生徒で溢れ返っていた。その人だかりの中を、血まみれの小川は必死に這って進む。

「ウソ、何あれー」

「マジかよ。血だらけじゃねーかよ」

「ふざけてやってるだけじゃねーの？」

「まあ、そうだよな」

半信半疑で小川を見ていた生徒達も、後から歩いてきた右手に拳銃を握る永井を見ると、弾かれたように両壁に貼りつき、道を開けた。

ようやく階段に辿り着いた小川。下りたいが、足がいうことをきかない。

足元から、廊下に視線を移した。自分に向かって真っ直ぐに歩いてくる処刑人——。

複数の選択肢はない。

小川はゼロに近い握力で手すりに掴まると、震える足で階段へ一歩踏み出した。

崩れる膝。離れる右手。踊り場まで、一気に転げ落ちた。

うつ伏せに倒れた小川は激痛も忘れ、階段を見上げた。すでに永井が来ている。

床と壁の助けを借り、何とか座ることができた。が、立ち上がろうとしても、足がまったくいうことをきかない。その原因は、震えだけではなかった。

膝と足首の間に、もう一つ関節があるかのように折れ曲がった右足——。骨折しているようだ。

「やっと、マネキンらしくなったな」

永井は、背を向けて座り込んでいるマネキンに向かって、一歩一歩階段を下りていく。

「許して下さい。お願いします。許して下さい――」

目をつぶり、か細く震えた声で、念仏を唱えるように繰り返す。

「今度はしゃべるのか。マネキンのくせに」

動くマネキンもしゃべるマネキンも、射撃場にはなかったはずだが……。まあ、いい。

「お願いです。許して下さい――」

後頭部に、冷たく固い鉄の感触。黄色がかった透明の水が、床に広がっていく。

「ゆるしてくださいゆるしてくださいゆるし――」

「砕けろ」

響く爆音。飛び散る鮮血。今度は永井が、赤い仮面を被った。

四体目は座ったまま、ゆっくりと床に頭を打ちつけた。

階段上から女子生徒の悲鳴。永井は我に返った。

目の前に転がる無残な死体。

が、冷静だった。引き金を引くことができない自分に対する嫌悪感が消え去った分、むしろ爽快にすら感じた。

撃ちたい人間をマネキンだと思えばいい。逆をいえば、マネキンに見えた人間を撃てばいい。罪悪感など感じる必要はない。そいつらは、人間ではないのだから……。

教室に戻った。転がったままの、三体の死体。血まみれの教師。唾を飲み込む音でさえ響き渡りそうな静けさの中、授業は行われた。

すぐに通報があったようだが、トリガーである永井が逮捕されるわけもなく、警察は死体を片付けるだけで帰っていった。

トイレの洗面台で赤い仮面をはずし、職員室に戻った。

「お疲れ様です」

「お、お疲れ様です……」

例外なく、ひきつった顔。

「……当然か……」

苦笑いしながら、自分の席に座った。

と、閉めたばかりの扉が開いた。校長だった。

「永井先生、ちょっといいですか？」

顔色を窺いながら寄ってきた。

「永井先生なら分かっていると思いますが、今回の処分は、あのうるさいＰＴＡを黙らせるために泣く泣くやったことですからね？」

胡散臭い笑顔。媚びた口調。

永井はまぶたを閉じた。

「しかし、よく耐えてくれましたね。お礼に、給料を倍にさせて下さい。それを言いに来たんです」

目を開けた。

全力で笑顔を作っていた校長が、無表情なマネキンになった。

永井は少し笑うとベレッタを抜き、その銃口を、太ったマネキンの眉間に突きつけた。

「ま、待って下さい！　三倍！　いや、五倍に！」

本当のマネキンのように血の気を失う校長。強くまぶたを閉じる教師達。

爆音――。

皮膚、頭蓋骨、脳を貫く弾丸。血液が、後頭部の髪を立たせた。

すべての糸を同時に切られた操り人形のように、太ったマネキンはその場に崩れ落ちた。

「また顔洗わなきゃ……」

胸のホルスターに、ベレッタを納めた。


翌日、永井は普段通りに学校へ向かった。

校門の前に、一体のマネキンが立っている。永井がベレッタに手をかける間もなく、その香水臭いマネキンは、泣きながら掴みかかってきた。

「この人殺しー！　よくそんな涼しい顔していられるわね！　一体、うちの娘が何したっていうの⁉　返して！　娘を返して！」

「離れろ。嫌な匂いのマネキンめ」

永井はマネキンを突き飛ばした。

足がもつれたマネキンは、尻餅をついた。

「何するのよ！　許さない！　絶対に許さない！」

爆音と共に、罵声が止んだ。

「ついてるな。血がつかなかった」

軽快な足取りで、校内に入っていった。

その後も永井はマネキンを探し出し、そして破壊した。

「もう、何体こわシタダロウ」

三月になった。すっかり校風が変わっていた。いじめもなければ不良もいない。教師達は皆熱心。それが恐怖から成り立っていることを知らない傍《はた》から見れば、これほどの優良校はない。

晴々とした気持ちで、永井は二年三組の教卓に立った。

死ぬべき者《マネキン》も、ここ数日見なくなった。

「起立。礼。着席」

ハキハキとした日直の号令。

三十六名の生徒の前で、永井は気持ち良く授業を始める。

「では、前回のおさらいです」

白いチョークで、黒板に問題を書いていく。

仲良くやっているようでよかった。あれから、全員が中森に謝罪したようだ。……が、裏切ったことには変わりない。……まあ、いいか。

「じゃあ、この問題分かる人」

視線を、黒板から生徒達に戻した。

――全員マネキンだった。中森を除いて……。

「こわサナキャ……」

白いチョークが、床に落ち、折れた。

永井はベレッタを抜くと、目の前の男子生徒に銃口を向けた。

一斉に金縛りにかかる、山田等《ら》と五十歩百歩のマネキン達――。

「ゼンブ……コワス……」

引き金に、人差し指をかけた。

――先生。私は今日の授業、面白かったですよ――

中森に視線を移した。

恐怖に震えながら、怯えきった目を向けている。

「ナンデソンナメで見るんだ……？」

ひどい頭痛がする。吐き気もする。吐きそうだ……。

永井はベレッタを下ろすと、左手で頭を押さえながら、フラフラと教室を出た。

男子トイレの洗面台。錆びた蛇口を捻《ひね》り、顔を洗う。

考えてみれば、学校なんてろくな所じゃない。未成年なら何をしても許されると勘違いしてるクズども。金のことしか頭にない、力に媚びへつらうブタ。自分のバカ娘の非を棚に上げ、学校側の揚げ足を取ることしかできない能無しババア。自分の身可愛さに、しゃあしゃあと仲間を切り捨てるゴミども。おまけに、平気で人を殺す気狂《きちが》いまでいる。…………ん？　誰のことだ？　…………まあ、いいや。授業に戻らなきゃ。じゃない。マネキンヲコワサナキャ……。

ハンカチで顔を拭き、起き上がった。

目の前の鏡。映っているのは永井ではなく、一体のマネキンだった。

鏡の中のマネキンは、自らのこめかみに銃口を突きつけると、少し笑った。

「世の中、マネキンだらけだ」

授業中の校舎に、銃声が鳴り響いた。

大内雅人

重なり合うセミの鳴き声。午前十時。大内は地下鉄名城線市役所駅の改札を出て、名古屋高等裁判所に向かって歩いていた。

汗が滲んだ半袖の白Yシャツから伸びる筋肉質な腕。もうこの腕で、娘を抱きしめることはできない。

列島を震撼させた連続幼女誘拐殺人事件。岐阜県に住む大内の娘も、その被害者の一人だった。まだ五歳だった。

容疑者である向井拓真の姿は、連日ワイドショーに映し出され、多くのコメンテーターは、極刑だろう、と口をそろえていた。

普段は的外れなことばかりのコメンテーターの意見だが、この時ばかりはほとんどの国民がそれに頷《うなず》いていた。

大内の妻は欠席した。犯人を目の前にして自分を保つ自信がない、というのが理由だ。無理もない。むしろ正常なのかもしれない。

門の前。『死刑反対』と書かれたプラカードを掲げ、声を上げる、十数人の集団。

大内はうつむくと、一重だが大きな目をしかめ、拳を握り締めた。

『死刑反対』。自分の家族が同じ目に遭った時、果たして彼らは、同じ言葉を口にできるのだろうか？

どうあれ、今ここで、遺族である自分の前で、その言葉を発することができる神経を、疑わずにはいられない。――ピントのずれた偽善者ども。

怒りを閉じ込めた。さらりと真ん中で分けた髪をかき上げ、前を向き歩き出す。

浴びせられる無数のフラッシュ。押し合い圧《へ》し合い、我先にとマイクを向けるリポーター。他局より大内を近くで撮影しようと、ぶつかり合うカメラマン。茶色の建物の前で待ち構えていたマスコミだった。

「大内さん！　今どんなお気持ちですか⁉」

……これ以上ない愚問。何の罪もない娘が、獣に弄《もてあそ》ばれ、殺されたのだ。最愛の人間を失った悲しみ。犯人に対する憎悪。他に何があるというのだろうか？

「やはり死刑を望んでらっしゃいますか⁉」

「死刑反対の声も上がっていますが、どうお考えですか⁉」

インパクトのある言葉を引き出そうと、女のリポーターが神経を逆撫でするような口調で、質問を浴びせる。

人の不幸は餌。当事者の気持ちよりも視聴率――『娘を殺された父』という格好の餌に群がるハイエナども。

「……」

前髪で、涙が滲む目を隠すようにうつむきながら、大内はハイエナの群れを突っ切った。

白い床、白い壁。満員の傍聴席、最前列に座る大内。正面には、木製の机に座る裁判長。五十代。

斜め左には、白Yシャツに紺のスラックス姿の検察官、加藤。三十五歳の大内と、そう変わらないであろう若手。

そして斜め右。被告人席。浅黒い肌、伸びた天然パーマ、口の周りに蓄えた綿のような髭――向井。法律などなければ、今すぐに目の前の柵を乗り越え、八つ裂きにしてやりたい男。

その異常者の後ろ。チャコールグレーのスーツ、細身の銀縁眼鏡、サイドバックの黒髪に、所々白いチョークで擦《こす》ったような白髪。報道で向井のことを知り、自ら名乗り出た弁護士――毛利。今まで引き受けたどの被告人の場合も、死刑判決を退けてきた男。

大内にとっては不運だが、さほど気にしてはいない。

あの異常者が死刑でなければ、他の誰がそうなるというのだろうか？　死刑以上はあっても、それ未満はない。何度上訴したところで同じこと、覆《くつがえ》るはずはない。確信していた。

しかし、大内の逆を確信している向井は、右口角を上げた。

――まさか先生自ら、私の弁護を買って出て下さるとは。実に心強い。私もガキを三人殺したくらいで、死刑になるのは御免ですからね――

――そうでしょう。しかし私が引き受けたからには、向井さん、あなたが死刑になることはありません。

安心して下さい。精神鑑定の結果など、どうにでもなりますからね——

——ははは。さすが先生——

——ただ……——

——ただ？——

——一度だけ、頭を下げて頂きますが——

——ははは。そんなこと、いくらでもやりますよ——


そして全国民が注目する中、裁判は進んでいく。

「では、検察側」

裁判長の抑揚のない口調。

「はい」

加藤はYシャツの袖を捲ると、立ち上がった。

「被告人は、下校途中の幼女を車に乗せ誘拐。自宅で監禁、虐待し、それに飽きると殺害。更に、その様子をビデオカメラに録画するという極めて残忍な行為を、三度も繰り返しました。その上、反省の色もまるでありません。情状酌量の余地なし。我々検察側は、当然、死刑を求刑します！」

丁寧な言葉使いの中にも、被告への怒りが窺える。

傍聴席の大半が、無意識に頷いていた。

「弁護人」

毛利の、銀縁眼鏡の奥にある切れ長の目が、鋭く光る。

毛利は立ち上がった。

「犯行当時、被告人は、妄想に支配されていて、やってよいこととといけないことの区別がつかない状態にありました。『頭の中に虫がいる。その虫を殺さなければ』などと口走り、自分の頭部を殴打し、壁に叩きつけるなどという行為を繰り返していました。よって、心神喪失状態にあったことを理由として、弁護側は、無罪を主張します。精神鑑定の結果が、それを物語っているはずです」

傍聴席がざわめく中、毛利は少しずれてきた銀縁眼鏡を、人差し指で戻した。

向井は右口角を上げた。

「頭の中に虫がいる？　よくもそんな出任せを……。岐阜地裁で向井についた弁護士の口からは、そんな言葉は出なかったはずだ！　なにより、今そこに座っている向井は、どう見てもまともじゃないか！」

息を荒げ、加藤は両手を机に叩きつけた。

「それはあなたが判断することですか？　今ここで重要なのは鑑定結果です。そもそもこの精神鑑定は、検察が要求したものではありませんか」

毛利は飄々とした口調で、表情一つ変えずに言った。

「くっ……」

原因は経験不足か。検察官、加藤の言葉は続かない。

あの獣を弁護する毛利も、同罪。大内は奥歯を噛み締めた。

「悪人を善人に見せかけるのが、弁護士の仕事ですか！」

女の、嗚咽混じりの叫び声。遺族の一人であろう。

その言葉に釣られたように、加藤は思わず怒声を上げた。

「お前には、愛する娘を亡くした親御さんの気持ちが分からないのか！」

「さて、どうでしょう。いずれにせよ、それが、本件と何か関係がありますか？」

毛利は加藤に、冷ややかな目を向けた。

「何だと⁉」

加藤は、完全に冷静さを失ってしまった——毛利の術中。

大内は拳を握り締めた。震える腕。浮き出る血管。めり込む爪。向井の死刑を退けようとしている毛利。

貴様は自分の子供が同じ目に遭い、その犯人が死刑を免れた時、「はい。そうですか」と、納得できるのか。

「この人でなし！」

「悪魔め！」

遺族か、あるいはただの傍聴人か。様々な罵声が、毛利に浴びせられる。

「静粛に！　静粛に！　ここは法廷です。発言には注意しなさい」

裁判長の一喝に、ひとまず静まった。

眼鏡を人差し指でクイと上げると、毛利は相変わらず表情ひとつ変えることなく、弁護を続けた。

ペースを掌握している毛利。正常に思考が働かない加藤。

大内の額から、嫌な汗が流れた。

そして判決の日――。

「判決を言い渡す。被告人は、犯行当時、心神喪失状態にあったと認め、被告人向井拓真を無罪とする。理由は――」

ざわめく傍聴席。泣き崩れる遺族。激昂する加藤。右口角を上げる向井。当然といわんばかりの毛利。

殺してやりたい人間が、二人になった。

狂っている。向井、毛利は勿論、裁判官も法律自体も。こんなことがまかり通ってしまうのであれば、残された遺族にできることは唯ひとつ。泣き寝入りだけではないか。

絶望。娘を失った時に味わったばかりの、心を消し去られるような絶望。

大内の視界が、徐々に狭まっていく。


「申し訳ありません」

毛利の声に、視界が戻った。毛利が中央で、罵詈雑言《ばりぞうごん》を浴びせる傍聴席に向かって、深々と頭を下げている。

唾を飲み込む音でさえ響きそうなほど、静まった。

「特に遺族の皆さん。申し訳ありませんでした」

頭を上げると、ずれた眼鏡を人差し指で戻した。

「私は弁護士として、戦績に黒星がつくことが許せないのです。しかし人間として、こんなクズが生き続けるのも、許せません」

毛利は上着の中のホルスターからベレッタを抜くと、一メートルほど離れた向井の頭に、その銃口を向けた。

「な、何をする！」

青ざめる顔。吹き出る汗。震える体。被告人席に座る向井は、初めて恐怖を味わった。

「よく堪能して下さい。子供達の感じた恐怖は、今のあなたの比ではなかったはずですから」

「や……て……れ……」

向井の体が、呼吸を忘れた。

「ではどうぞ、地獄へ」

毛利は眉一つ動かすことなく、引き金を引いた。

爆音と同時に白壁に飛び散る血液、脳みそ。向井は目を見開いたまま、一度後ろへ仰《の》け反《ぞ》ると、その反動で机に顔面を強打した。まるで、自らの行いを詫びるように……。

皆、言葉を失った。聞こえるのは、耳に残る異音のみ。

――ただ、一度だけ、頭を下げて頂きますが――

「だから言ったでしょう」

向井に吐き捨てると、毛利はベレッタをしまい、すぐに上着を脱いだ。大量の脇汗が、黒のストライプが入った白Yシャツにしみを作っている。

「拳銃を隠すのも、夏場はつらいものですね」

眼鏡を指で上げると、出口に向かって歩き出した。

「トリガー……」

大内の背後から、若い男の声。

愛知県のトリガーである以上、一審の岐阜地裁では手が出せない。最高裁にもつれ込んでしまっても同様。はなからこの名古屋高裁で向井を殺すつもりで、弁護を買って出たのか。

合点がいった。が、まだ一つ疑問があった。毛利は——

「なぜ放っておけば死刑になる被告人の弁護など買って出たんだ！」

大内の心を察したように、加藤が毛利の背中に疑問をぶつけた。

上着を小脇に抱えた毛利は、足を止め、振り返った。

「こんなクズは、遺族の目の前で死ぬべきだからです」

飄々とした口調で言うと、また出口に向き直った。

唖然、呆然。法廷内のすべての人々はあっけにとられ、その後姿を見送った。

殺してやりたい人間が、一度にいなくなった。

藤井涼太

神奈川県、横須賀市――。クリーム色の壁がひび割れた団地。一〇三号室からは、明かりと笑い声が漏れていた。

電気代節約のため、二月だというのに暖房を点けていないこの部屋で、五人が炬燵《こたつ》を囲んでいた。

ライトグレーのニッカボッカに黒のドカジャン。大工をしている涼太は、炬燵の上で湯気を立てるすき焼鍋の中から、残りわずかとなった牛肉すべてを箸で掴み取った。

「お兄ちゃん、ずるい！　さっきから肉ばっかり食べて」

グレーのパーカー、セーラー服のスカート。妹の里香が、涼太の右側から非難の声を浴びせる。

「バカ野郎。俺は一日中体使って働いてんだ。タダメシ食らいのお前とは消費カロリーが違うんだよ」

暴走族時代の名残《なごり》である細く整えた眉をしかめながら、里香をからかうように笑うと、涼太は何の躊躇《ためら》いもなく肉を生卵に沈めた。

「あー！　……何よ！　高校生でも社会人でも、肉を食べる権利は平等よ！」

左右に下ろしたお下げ髪を揺らし、里香は口を尖らせる。

「ちょっと。友紀ちゃん来てるんだから、みっともないことで喧嘩しないの」

里香と二人で歩いていると姉妹だと勘違いされることも少なくない、二人の母親優子は、正面に座る里香をなだめるように言った。

「だってお兄ちゃんが――」

「里香ちゃん、私取っちゃったのでよかったら食べる？」

涼太の隣に窮屈に座る友紀は、ハイネックの黒いセーターから伸びる手で、肉の入った碗を里香に差し出した。

友紀――涼太の恋人。十九歳の涼太より二つ年上。手足の長い色白美人。一見とっつきにくい印象を与えるシャープな顔立ち。社員として、ファミリーレストランのウエイトレスをしている。昼休みにしばしば来店していた涼太とは、そこで知り合った。

「え？　いいの？」

里香は碗の中の肉から、友紀の顔に視線を移した。

「うん、どうぞ」

「わーい。ありがとう」

黒のロングヘアーから覗く友紀の笑顔に、里香の顔にも笑みが戻った。

「……」

涼太は箸を持ったまま、伸びた黒髪をかき上げた。その目の前を、里香の箸が横切る。

里香が自分に向かって舌を出したような気がしたが、味の染みてきた豆腐の方が重要だった。

「ごめんね。友紀ちゃん」

満足気に肉をほおばる里香を見て呆れたように少し笑うと、優子は困り顔を友紀に向けた。

「いえ、こちらこそ、いつもごちそうになっちゃって」

碗と箸を一度置き、友紀は頭を下げた。

「まったく、よくできた彼女だよ。美人だし、礼儀正しいし、気が利《き》くし。なんだって涼太なんかとつき合ってんだ。まったくもって疑問だよ」

涼太とほぼ同じ服装、ごま塩頭に口髭。父、良平はグラスに入った安物の焼酎をチビチビと飲みながら、正面に座る息子を小ばかにするような口調で言った。

大笑いする優子、里香。

「そんなこと……」

困惑する友紀。

「なんてこと言いやがる！　ひでえ親父だ」

一度掴んだ白滝を放す涼太。

口から細かくなった白菜を噴射しながら高笑いする良平。

親子揃って職人であるが、涼太は最初から親元で働くことに抵抗があったため、別の工務店に入った。

「あ、そうだ」

ふと席を立った里香。玄関を入ってすぐの、自分の部屋に向かった。自分の部屋といっても、２ＤＫに四人が住んでいるため、涼太の部屋でもある。

ダイニングに戻ってきた里香は入り口で立ち止まり、ニヤニヤしながら四人を見渡している。小柄な体に比例して小さな右手には、緩く丸められた一枚の画用紙。

「ジャーン！　これが、県で一番になった作品でーす」

得意気な言葉とともに開かれたのは、夕日の沈んでいく海を描いた風景画——。

「……」

「おー」

前髪のかかった切れ長の目を見開き、思わず噛むことを忘れる涼太。

「きれい……」

薄い唇を開き、絵に見惚《みと》れながら無意識に両手を合わせる友紀。

「すごいじゃない！　ちっちゃい頃からうまかったけど、まさかこんな絵が描けるなんて」

思いがけない我が子の成長に、大きな瞳を潤ませる優子。

「まったく、たいしたもんだ！」

素直に褒めるのが照れくさいのか、あるいは酒のせいか、過剰に笑う良平。

「まあね」

里香の得意気な表情に拍車がかかった。が、すぐにその表情を曇らせると、良平の顔色を窺うように言った。

「でさ、高校出たら、本格的に絵の勉強したいんだよね……」

「……」

良平は視線を碗に落とした。涼太、優子も視線を碗に落とした。

何とも言いがたい空気が流れる。

その理由を一足遅れて察した友紀も、視線を碗に落とした。

「やめとけ。そんな金、うちにあるわけねえだろ。なあ、親父？」

どうすることもできない現実に、妹を傷つけてしまわぬよう、涼太はあえて笑いながら言った。

「その通り！」

良平は高笑いしながら、一本取られたと言わんばかりに、涼太を指差した。

恥も外聞もない父の言葉。この藤井家ではよくある『シャレ』だった。

皆、声を上げて笑う。すぐに里香の表情がかげっていくのを感じながらも、誰もそれに触れることはできなかった。


しばらくして、涼太は友紀を送りに行き、里香は兄妹の部屋に戻った。

ライトブラウンの巻き髪を束ね、狭いキッチンで洗い物をしている優子を背に、炬燵に一人残された良平は、セブンスターに火を点けた。

――その通り！――

心の中では笑えなかった。幼い頃から恒例の食べ物を巡っての兄妹喧嘩も、里香を美大に行かせてやれないのも、すべて自分の稼ぎが少ないせいだ。しかし今の自分ときたら、借金の利息を払っていくだけで精一杯。

自分の不甲斐なさに、嫌気が差していた。

翌日、良平は死亡した。警察からの報告によれば、午後一時過ぎ、三つ葉銀行に強盗に入り、トリガーに射殺されたということだった。

ダイニングと襖を隔てた六畳の和室。良平が眠る棺桶の前で、呆然と座り込む三人。まだ、現実味がなかった。

と、涼太の携帯電話から発せられた着信音が、深い沈黙を破った。

力の入らない手で作業着のポケットから取り出し、通話ボタンを押した。

「涼太？　あのさ、話があるんだけど……」

友紀からだった。

「悪いけど、またにして。……親父が……死んだ」

「え!?」

到着した友紀は茶色のロングブーツを荒く脱ぎ捨てると、小走りで廊下を抜け、ダイニングから和室の様子を見渡した。

タンスの前。棺桶に入った良平——。

涼太の悪い冗談。もともとわずかだったその可能性も、ゼロになってしまった。

棺桶の前で両膝をつき、その上で両拳を握り締める涼太。その背中に、声をかけることはできなかった。

「私の……せいだ……」

部屋の隅で、膝を抱え顔を伏せる里香。顔は見えなくても、泣いていることは、華奢な肩の揺れと嗚咽混じりの声で分かる。

良平の頭側で正座し、うつろな目で夫の顔を見つめる優子。友紀に気付き一度無理に微笑んだが、またすぐに良平の顔に視線を戻した。

「昼間……三つ葉銀行で、背中撃たれたって……」

涼太は大きく息を吐くと、振り返らずに続けた。

「ごめんな。今日は、送ってけないわ」

「……うん……」

その後の言葉は見つからなかった。友紀は静かに、藤井家を後にした。


翌日、午前六時。大浜埠頭――。十数台の改造バイク、それと同数の特攻服に身を包んだ若者達が集結していた。

涼太はもう二年近く着ていない、そしてもう二度と着ることはないと思っていた白の特攻服を身に纏《まと》っていた。パーツのほとんどをノーマルに戻した、白のＸＪＲ４００。愛車の脇に立ち、自分を取り囲むように立つ男達に語り始めた。

前日父親が殺されたこと。それがトリガーの仕業《しわざ》であること。そして、そのトリガーを探し出し、報復する意志であること。

銀色だった髪は黒に、バイクはノーマルになったが、目つきはすっかり『白鬼』と恐れられた現役時代に戻っていた。昇りかけた朝日を背にする『BLIZZARD《ブリザード》』二代目ヘッド。その声に、今も走っている者も、もう引退した者も、『集合』した暴走族は耳を傾けた。

二月の凍てつくような風が、涼太の特攻服の裾を跳ね上げた。

「……」

皆、しばし言葉を失った。

今までの喧嘩とは次元が違う。今回の相手は『殺し』を認められている人間。まず間違いなく命に関わる。そして、トリガー自身と対峙しなくても、トリガーのことを嗅ぎ回っていることが政府の耳に入れば、射殺法に準じ、処刑される……。

「これは、気合だの根性だの、そんなレベルの話じゃない。降りたい奴は降りてくれて構わない。そもそも、俺の私怨だ」

涼太は腕組みをしながら、全員の顔を見渡した。

しかし誰一人として、その場を去る気配を見せる者はいない。

「とっくに足を洗った涼太さんが、わざわざ『集合』かけたんだ。並のことじゃないなんて、みんな分かってて来てるんすよ。なあ？」

青の特攻服。金色の長髪。涼太の真正面に立つ三代目の青木は、目線を涼太に向けたまま、背後にいる者達の意思表示を促した。

一斉に湧き上がる賛同の声、雄叫び。

「……みんな、すまない」

涼太はうつむき、まぶたを閉じた。数秒後、顔を上げると、その喚声を制すように言った。

「しかし悪いが、妻子がいる奴には降りてもらう」

静まる一同。

「そんな……」

涼太と同い年の、引越し屋に勤めている石野、ガソリンスタンドで働いている内田が、眉をしかめ不満の声を漏らした。

「頼む。お前らの子供を、俺と同じ目に遭わせないでやってくれ」

涼太の悲しげな微笑みに、二人は地面に視線を落とした。

「でも、来てくれてありがとな」

涼太が励ますように言うと、二人は顔を上げた。

「……無茶すんなよ」

石野は笑みを浮かべて言った。

「おう」

笑顔で答えると、涼太は、もはや己の手足のように操ることができる愛車に跨《また》がった。よく磨かれたタンクに、朝日が反射した。

「では、今から俺達ブリザードは、トリガーを、狩る」

この言葉を合図に、再び上がる男達の咆哮。後を追うスターター音。すぐに大音量の排気音が、それらを飲み込んでいく。

『白鬼』を先頭に、バイクの群れが海岸沿いを爆走する。

トリガーが『悪を裁く者』であるならば、自分が『悪』になればいい。そして、トリガーといえど民間人。動く的に弾を命中させるのは容易ではないはず。さあ、撃ってこい。炙《あぶ》り出してやる……。

怒りで悲しみを塗り潰し、涼太はアップハンドルのスロットルを大きく回した。


父親が射殺されたのと同じ時間、場所はトリガーとの遭遇率が高いとふみ、涼太は重点的に昼の三つ葉銀行付近を走った。しかし何の手がかりも掴めぬまま、五日が過ぎた。

なぜ撃ってこない……。

日も完全に落ちた頃、涼太は家の方向が同じ樋口と『通常の運転』で並走していた。

樋口――名は大介。涼太の幼なじみ。こげ茶色の短髪。『ブリザード』のOBで、涼太の呼びかけに応じたうちの一人。自動車整備士だが、涼太のために、ここ何日かは連休を取っていた。愛車はワインレッドのゼファー400。

黄色から赤に変わる信号。二台のバイクの前輪が、停止線で揃った。

「まあ、気長にいこうぜ？」

涼太の苛立ちを察した樋口は、励ますように言った。

「……そうだな」

眉をしかめていた涼太の表情が、少し緩んだ。

「じゃあ、俺こっちだから」

樋口は左手を上げると、青に変わった信号を左に曲がっていく。

「おう」

涼太は微笑みながら、赤い特攻服をなびかせる樋口の背中を見送った。

ふと、里香の顔が頭をよぎる。優子が夜の仕事を始めたため、おそらく腹を空《す》かせているであろう。

数台の乗用車が停まっている駐車場にバイクを停め、コンビニエンスストアに入った。

数人の客と男の店員が、涼太の出で立ちに物珍しげな視線を送る。

もはや知人以外の全員がトリガーに見える涼太。鋭い視線を配る。――皆、目が合う寸前に逸らした。

から揚げ弁当、五〇〇ミリリットルのウーロン茶が入ったビニール袋を提げ、店を出た。

「また走り出したとは聞いてたが、この辺一人でうろつくとはいい度胸じゃねえか」

丁度店に入ろうといていた上原と出くわした。後輩らしき二人を従えている。

上原――敵対チーム『毘沙門天《びしゃもんてん》』のヘッド。金髪のリーゼント。眉なし。涼太とは同学年だが、いまだ現役。過去に、一対一《サシ》で涼太に勝ったことはない。

「どけよ」

トリガーであるはずもない上原には、何の興味もなかった。

「なんだと!?　てめえ！」

上原は黒革のダウンジャケットから伸びた両手で、涼太の胸ぐらを掴み上げた。ビニール袋が、地面に落ちた。

「わりいけど、今それどころじゃねえんだよ……」

涼太の、戦意の欠片すら感じられない目つき、脱力感のこもった口調に、上原は無意識に両手を放していた。

黙って袋を拾うと、涼太は三人の間を通り抜けた。

「……」

とても自分の顎を砕いたことのある男とは思えぬ変貌振りに、言葉を失う上原。

「なんか、調子狂っちゃいますね……」

「ああ……」

キョトンと立ち尽くす三人の視線を背に受けながら、愛車に跨った。

誰が強いだの、誰の縄張りだの。あの三人も、過去の自分も、えらく幼稚に思えた。


自らの命を餌に暴走する『ブリザード』。幾度となく警察に追われるも、それを振り切りながら走り続け、気が付けば、スロットルを握る手がかじかむことのない季節になっていた。

昼夜問わず暴走行為を繰り返し、涼太は当然ながら職を失った。財布の中身がなくなれば日雇いで夜の工事現場で働き、なんとかそれで食い繋いでいた。

家の心配もせず『復讐』に専念できるのも、毎日のように夕食を作りに来てくれている、友紀のお陰といえる。が、涼太には、そのありがたみに気付く余裕すらなかった。

この数ヶ月、銃声を聞いたことも、その噂を耳にしたこともない。次の瞬間出くわすのか、それとも永遠に探し出すことができないのか。

後者の可能性が、涼太の焦りを加速させた。

早朝、大浜埠頭——。涼太はいつものように集合したメンバーに告げた。

「——捜索範囲を、県内全域に拡大する」

異論を唱えるどころか、大賛成の仲間達。涼太は固くまぶたを閉じると、迷いを振り払うかのようにエンジンを始動させた。

ただ信じるしかなかった。自分の正しさを。


サラシも特攻服も脱いでしまいたくなる季節になっても、トリガーを見つけるどころか相変わらず手がかりはゼロ。おまけに三人が検挙され、バイクを没収されていた。

痺《しび》れを切らした涼太は、三つ葉銀行に乗り込むことにした。もはや、普通の精神状態とはいえなかった。

団地の駐輪場からXJR400を出すと、跨った。駐輪場には屋根がついているが、シートの熱は太めのグレーのジーンズを容易に貫いてくる。

普段なら右太腿に違和感をもたらす携帯電話。今日は部屋に置き去りにした。『迷い』の原因になるものは、一つでも排除しておきたかった。

エンジンをかけた。家を出て間もないというのに、白いTシャツにはすでに汗が滲んでいる。ハイカットの黒いバスケットシューズでギアを入れ、筋肉質な腕でスロットルを回した。

復讐を誓った日から、「なるべくなら停まりたくない」と思うようになってしまった交差点。生憎《あいにく》の赤信号に、バイクを停めた。

左手には、一階が駐車場になっているファミリーレストラン。二階を見上げていた。

――暑いのに、お仕事大変ですね。今日もハンバーグセットでよろしいですか？――

――あ、はい。あ、あのー……友達になって下さい！――

――え？　いや、あのー……はい――

今もあの店の中で働いているであろう友紀の姿を思うと、心がズキズキと痛んだ。

前を向いた。自分の決意が変わってしまわぬように。

二つ目の信号の角、三つ葉銀行の駐車場にバイクを停めた。首にひっかけていただけのヘルメットをハンドルにかけた。

灼熱のアスファルトの上に両足を下ろすと、左手をポケットの中に突っ込んだ。

体温で温《ぬる》くなったバタフライナイフの感覚――。

トリガーが相手となるとえらく心細いが、ないよりはマシだった。

孤立した一階建て。自動ドアを抜け、店内に入った。よく効いた冷房が、体内に汗を押し戻す。

右手にＡＴＭコーナー。左手に長椅子が三列。その間の通路を抜け、正面のカウンターに向かって歩いていく。

思ったより客が少ないのは閉店間際だからか、あるいは冬にトリガーが出たことによる影響か。

「いらっしゃいませ。ご用件は？」

二十代半ばであろう若い男子行員は、カウンター越しの涼太に笑顔で言った。

「トリガーを探してるんですが」

行員の笑みが消し飛ぶ。

「ちょっと、お客様！」

長めの黒髪を整髪料で固めている男子行員は、小声だが強い口調で言いながら、黒目がちな目を見開いた。

「二月に、トリガーがここで一人殺してることは分かってるんだ。さっさと特徴を教えてほしい」

「言えるわけないでしょう！　射殺法を知らないんですか⁉　この会話が警察や政府の耳に入ったら大変なことになりますよ⁉」

椅子から腰を浮かせ、小声のまま怒鳴る男子行員。異変に気付いた他の行員達の視線が、徐々に二人に集まる。

絞首刑になろうが銃殺されようが構うものか。人を殺すということがどういうことなのか、奴に思い知らせてやれればそれでいい。

「『言えない』ってことは見たってことだな？　吐かないなら俺がアンタを殺す」

涼太は不気味に口角を上げると、バタフライナイフを取り出した。

トリガーの正体を暴くことのみを考えれば、この方法は効果的。しかし、息の根を止めることまでを考えると、実に悪手。むしろ自殺行為。現在行内にいる人間の誰かがトリガーだったとしても、殺すことは不可能に近い。射殺されるのがオチ。また、この中にいなかった場合、通報されればただ政府に処刑されるだけ……。

それが分かっていたからこそ、今まで、この極めてリスクの高い暴挙には出なかった。が、半年探しても手がかりなしという状況が、涼太の冷静な思考回路を麻痺させた。

「正気か！　アンタ！」

目を見開き、大声を上げる男子行員。整髪料が冷や汗で溶け、前髪が額にまとわりついている。

「ああ。正気さ」

とても正気ではないが、涼太はわずかな可能性に賭け、ナイフのグリップを弾いた。

二手に分かれたグリップから、トリガーの血を欲する刃が姿を現した。

喉を押し潰すような悲鳴を上げる女子行員。行内は騒然となった。

「そこまでだ。……ナイフを捨てろ」

背後からの中年男の声に、涼太はピタリと動きを止めた。後頭部には鉄の感触――。

出やがった……。

次の瞬間、死が訪れるかもしれぬ状況――。にもかかわらず、涼太の口角は無意識に上がっていた。

すぐ後ろに、探し続けていた男がいる……。ナイフを逆手に持ち替え、バックブローの要領でスピンすれば、殺《や》れるか？　問題は持ち替えるスキがあるかどうか……。

「おい。早く捨てないか」

平静を装ってはいるが、涼太には中年男が焦っているように思えた。

「……?」

「早くしろ!」

どこかで聞いたことのある野太い声。

涼太の思考は、『どうやって殺すか?』から、『誰なのか?』に変わった。

「言うことを聞け! 涼太。俺だ。紀内《きうち》だ」

周りに悟られぬよう、耳元で囁《ささや》く紀内。タバコ臭い息に顔をしかめながら、涼太は指示に従った。

床に落ちたナイフが、やけに大きな音を立てた。

紀内——涼太が現役時代、幾度となく世話になったことがある、㊙対策の刑事。柔道の有段者。恰幅のいい体系。角刈りに近い短髪。色の薄いサングラス。初対面の人間に、例外なくヤクザだと思われることが悩み。

紀内は涼太にS&W-M36を押し当てたまま、グレーのスーツの内ポケットから警察手帳を取り出すと、それを掲げた。

S&W-M36——S&W社製、五連式リボルバー。現在紀内が握っているのは、黒の二インチモデル。

「この男の身柄は、私が預かる」

手帳を戻すと迅速にナイフを拾い上げ、銃口で涼太の背中を小突いた。

「ほら、歩け」

涼太は両手を挙げ、紀内の『芝居』に乗った。行内の人々は唖然としながら、二人を見送った。

警察署、取調室――。

「――まったく。たまたま俺が金を下ろしに行ってたからよかったものの……。全然出しゃしない駅前のパチンコ屋に感謝するんだな」

机のへりに腰かけ、紀内は呆れ顔で、パイプ椅子に座りうつむく涼太を横目で見ながら言った。

「……」

高い位置にある小窓から差し込む日光が、浅く座る涼太の影を、古びた机の上に映した。

「お前の気持ちも分からんでもないがなあ。いくら射殺法の遺族といえども、あそこまで派手に暴れちまったら、ただじゃ済まんぞ？」

紀内はショートホープを取り出すと、余り玉で交換した、新品の百円ライターで火を点けた。

「親父さんが亡くなって、俺はてっきり気を紛らわすために『ブリザード』に戻ったと思ってたよ。そんなお前らをとっ捕まえても気の毒だから、半年間大目に見てやってたが、今日のお前を見てはっきりしたよ。トリガーを誘《おび》き出すために走ってんだな？」

「……」

腹の上で組んだ両手に視線を落としたまま沈黙する涼太をしばらく見つめると、紀内はため息の混ざった煙を吐いた。

「まあ、処刑だ何だってのは、トリガーの身の安全を守るための『脅し』みたいなもんだろうが……。どっちにしたって、もう次は庇《かば》いきれんぞ？　今のお前は、まるで自殺志願者だ。仮に敵討《かたき》ちが成功したとしても、お袋さんや里香ちゃんはどうなる？　いいからもう、トリガー相手に復讐なんて馬鹿げた真似はやめろ」

論《さと》すように言い切ると、前髪のかかった涼太の目を優しく見据えた。

「今日のことは、ありがとうございました。……でも、俺の命をどう使うかは、俺が決めます」

涼太は席を立つと、目を合わせず、悲しげな笑みを浮かべた。

「偉そうに。仲間の命まで餌にしといてよく言えたもんだな」

「……俺もあいつらも、死なんか恐れちゃいない」

「何だと？」

ドスのきいた声、右頬の痙攣。紀内が豹変した。刺すような鋭い視線で涼太を睨みつけながら、ショートホープをアルミの灰皿に放した。

「だったら死んでみるか？　小僧」

勢いよく立ち上がった紀内はM36を抜き涼太の胸ぐらを掴み上げると、銃口を額に押し当てた。

「……」

「今のは、そう易々と口にしていい言葉じゃねえぞ？」

「……じゃあ俺には、泣き寝入りしかないって言うんですか？」

まぶたを固く閉じ、涼太は奥歯を噛み締める。

「……」

紀内はM36を下ろすと、大きく息を吐きながら胸のホルスターに戻した。

「そんなことを言ってるんじゃない。いいか、涼太。人に関わって生きている以上、その命はお前だけのものじゃないんだよ。優先順位を見失うな。お前はバカじゃない。よく考えろ」

穏やかな口調、目つきに戻った紀内。涼太に背を向け歩き出すと、ドアの前で立ち止まり、引き開けた。

「上には俺がうまく言っといてやるから、今日は真っ直ぐ家に帰れ」

「……」

涼太はうつむいたまま、フラフラと部屋を出た。

間違いなく、今一番辛いのは涼太。しかしだからこそ、目を醒まさせてやらなければならなかった。

それにしても──

「言い過ぎちゃったな……」

紀内は頭をポリポリと掻きながら、涼太の後姿を見送った。


夕暮れ時、涼太は熱気の籠った家に着いた。他には誰もいないようだ。

和室の窓を開けた。サンダルを噛ませて開けておいた玄関のドア。そこに向かって流れ込んだ風が、レースのカーテンをふわりと浮かせた。

分かっていた。正しいのは紀内。自分の言ったことなどただの屁理屈。目を合わせることができなかったのが、何よりの証拠だった。

良平の仏壇の前に、胡座《あぐら》をかいて座った。

仲間達を巻き込んでいる罪悪感。自分の掲げる正義に対する迷い。目的を果たした後に訪れるであろう、家族の更なる苦しみ。今まで目を背け、考えまいとしていたことで、塞き止めていたダムは一杯になっていた。

「ごめんな、親父……俺もう疲れちったよ……」

脱力感に耐え切れず、仰向けに倒れると、畳の上に大の字になった。

風に煽られたカーテンの裾が、涼太の右頬を撫で上げた。玄関のドアが開いたようだ。

「おじゃましまーす」

聞こえたのは、友紀の声とビニール袋が擦《こす》れる音。

「あれ？　誰もいないのかな？」

いつものように夕食を作りに来てくれた友紀の足音が、和室の前で止まった。

「あ、涼太。いたんだ」

両手に一つずつ持っていたビニール袋を同時に下ろした。

「大丈夫？」

薄いピンク色のロングスカートに包まれた膝と、白いTシャツから伸びる両手をつき、友紀は涼太の顔を覗き込んだ。

この半年間、恋人らしいことなど何ひとつしてやれなかった。にもかかわらず、文句ひとつ言わずにそばにいてくれた……。何よりも失いたくないのは、今目の前にいる友紀であることにようやく気付いた。

交差する二つの頭。起き上がり、無意識に抱きしめていた。

「ちょっと、どうしたの？」

戸惑う友紀。

「俺、もう諦めようかな……」

友紀は穏やかな笑みを浮かべ、涼太の後頭部をそっと撫でた。

「うん。偉いね！」

友紀のその一言で、必死で塞き止めていたダムは決壊し、流れ出した感情が、涼太の復讐の炎を鎮火した。

泣き顔など見せたことのない涼太にとって、互いの顔が見えないことが幸いだった。

翌日、涼太は『ブリザード』のメンバーに、半年にわたる復讐劇に幕を引くことを告げた。

「本人が決めたのだから」と納得しながらも、皆、「もう一緒に走ることができない」ことへの寂しさは隠せなかった。

感謝の言葉を言い残し、涼太はその足で以前勤めていた工務店に向かうと、謝罪し、復帰することを申し入れた。「受け入れられはしないだろう」と考えていた涼太であったが、親方の石のように硬い拳を、左頬に受けただけで済んだ。

翌日――。兄妹の共同部屋では、数ヶ月ぶりに、午前五時に目覚まし時計が鳴った。不快なだけだった電子音も、何だか心地良く感じた。

二段ベッドの下段。枕元に置いた時計の頭を叩いた。

タンスにしまいっ放しだったニッカボッカ。部屋は薄暗いが、電気は点けずにそれを取り出すと、Tシャツにトランクス姿の涼太は、上段でスヤスヤと眠る里香を起こさないよう、極力音を立てずに着替えた。

部屋を出た。工具の入った黒いリュックサックを足元に置くと、今いた部屋よりは明るい廊下を抜け、テレビの音が聞こえるダイニングに向かった。

閉められたカーテンから朝の光が滲み出している部屋で座布団に座り、パジャマ姿の優子が天気予報を見ながら、歯磨きをしている。仕事から帰宅し、寝るところのようだ。

「よう」

「あら、おはよう」

優子は振り返ると、化粧を落としたばかりの顔に驚きの表情を浮かべ、歯ブラシを握る手を止めた。

「どうしたの?」

視線は涼太の首より下に向けられている。

「仕事行ってくるわ」

照れ笑いしながら言った。

「そう。行ってらっしゃい」

優子は顔を上げると、微笑んだ。

幸い、親方に殴られてできた口元のあざには気付いていないようだ。

「うん。だからもう、夜働くのやめてもいいんじゃない?」

照れくささを隠すように背を向けると、玄関に向かって歩き出した。

「……ありがとう……」

背後から聞こえた優子の言葉。声が震えていた。

「何でだよ」

涼太はあえて笑い飛ばしながらリュックサックを拾い上げると、足袋をつっかけ家を出た。

――行ってらっしゃい――

何ヶ月ぶりに聞いたことだろう。

しゃがみ込み、足袋を履いた。


それからすぐに、優子は水商売を辞めた。服装、化粧が地味になったのに反して、表情は明るくなった。

約三ヶ月が過ぎた頃には、家の中の沈んだ空気は消え去っていた。

夕食後、一日中酷使した体の疲れを湯舟で癒し、涼太はバスタオルで頭を拭きながら、トランクス一丁で廊下に出た。

「はい、勝ったー。やったね！」

「待って！　もう一回やろう!?　ね？」

ダイニングから楽しげな笑い声。

友紀と里香が通信ゲームで盛り上がっているようだ。

近頃、やけに仲良くなっている気がするが……。

何かがあったのか、気のせいか。聞いてみたい気持ちもあったが、風呂上がりのコーヒー牛乳の方が重要だった。

涼太はキッチンへ向かう。と、バイブ設定にしてあった携帯電話が部屋で鳴っている。踵《きびす》を返した。薄緑のカーペットの上に直に置いていた携帯電話を拾い上げた。ディスプレイには『青木』と表示されている。

「おう。どうした？」

「田辺が、撃たれました……」

口調から、悔しさが滲み出ている。

「何だと⁉」

涼太の髪を撫でていたバスタオルが、ピタリと止まる。

父親の次は仲間を……。やはり奴をこのまま、野放しにするわけにはいかない。この手で奴の息の根を止めるまで、復讐が終わることはない。

涼太の心の奥で燻《くすぶ》っていた火種は炎となり、たちまち燃え盛った。

「今どこだ？」

感情とは裏腹に、口調は落ち着いていた。

「はい——」

電話を切ると、約一ヶ月間、壁の飾りとなっていた特攻服に手をかけた。

三つ葉銀行駐車場——。青木をはじめ、十数人のメンバーが、到着した涼太に頭を下げた。

「田辺は？」

バイクを停めた涼太は、黒のブーツでギアをニュートラルに入れながら、青い特攻服を身に纏《まと》う青木に訊ねた。

「今、病院に連れていかせました。いつも通り走ってたらいきなり肩撃たれて、そのままコケただけなんで、まさか死ぬなんてことはないと思うんですが……」

青木は涼太の目を直視できず、自身の前に停めてある愛車、ＣＢ４００ＦＯＵＲの青いタンクに視線を落とした。

「そうか」

涼太の表情が少し緩んだ。

「すいません……」

「別にお前が謝ることじゃねえだろ。で、奴は？」

「見失いました」

自分の不甲斐なさに、青木は拳を握り締めた。

『見失った』ということは追いかけた証拠。『トリガー狩り』を名目に走っていたわけでもないのに、いきなりの銃撃を受け、怪我人を病院に運ばせ、さらに奴を追ったのだから上出来。

「……まあ、仕方ないな。大介達は？」

「樋口さんならすぐに来るって言ってたんで、もう着くと思うんですけど」

青木はようやく、涼太と目を合わせた。

「そうか。でも、もう待てないな。時間が経てば、奴が遠くへ行ってしまう確率も上がる」

と、涼太を挑発するかのように、銃声が鳴り響いた。

顔を上げる涼太。振り返るメンバー。全員の視線が、銀行の裏手に集中する。

「なめやがって……。行くぞ。今夜中にケリをつける」

メンバー達は弾かれたように一斉にバイクに跨る。

仲間達の排気音を背中に受けながら、涼太はいち早く建物の裏手に回り込む。

一方通行の道路。涼太の目に飛び込んできたのは、街灯に照らされた、バイクに跨る男の姿――。

革ジャン。スモークを貼ったフルフェイス。左手に握った拳銃。――奴だ。

正面から突っ込んでいく。

男が両手で銃を構える。

「来るぞ！」

爆音――。

涼太の合図に、一斉に車体をスライドさせるバイクの群れ。後ろで転倒する音が聞こえないことから、弾ははずれたようだ。

男はスロットルを一杯に回した。滑る後輪。煙を上げながら一八〇度方向を変えた男のバイクは、銀行側に左折した。

ＸＪＲをドリフトさせる涼太。後に続くメンバー。再び男の姿を捉えた。

――ＮＳＲ４００。レプリカか。速いな。

涼太はタンクに貼りつくように体勢を低くしながら、スロットルを全開にした。

片側二車線ずつの道路。決してスロットルを緩めることなく、まばらになってきた一般車、入れ替わるように増えてきたトラックをすり抜けていく。

皮膚を切り裂かれるような風に、髪と特攻服が音を立ててなびいた。

男との距離は一五〇メートルといったところ。赤信号に減速を余儀なくされる男。男の安全確認のお陰で、ノーブレーキで突っ込んでいける『ブリザード』。徐々に距離が縮まっていく。

と、拳銃を握ったままの男の左手が、NSRのグリップから離れた。フルフェイスが左に向きを変える。

「避《よ》けろ！」

涼太が叫ぶ。

爆音——。

弾丸の通り道を開けるように、銃口の指す直線上から消えるバイク。男が左手をグリップに戻すと、その群れは一つの生き物のように元の隊列に戻った。

流れ弾をタイヤに受けた大型トラックが、車体をガードレールに擦《こす》りつけながら停車した。

当たるものか。バイクに乗っている以上、常に銃を構えていることはできない。ならば銃口が向いた時のみ、その弾道を開ければいい。一度に複数発撃ってこられれば厄介だが、長時間前方から目を離せば自爆するのがオチ。奴はそれを恐れている。

早くも要領を掴んだ涼太、他メンバー達。

が、強いられた回避行動に、距離は戻っていた。

近付けば発砲され、それを回避しては離される。一見するとイタチごっこ。が——

不利なのは奴の方。無限に撃てる銃などないのだから。一発撃つ度に、自らの寿命を削り取っているようなもの。奴の死は近い。

涼太は口角を上げた。

前方には赤信号。その下には右を向く青い矢印——。男はアスファルトに膝が接触するほど車体を倒し、左車線から一気に右折していく。

このままでは追いつかれることに、奴も気付いたのだろう。曲がった先は、信号機の少ない海岸方面。距離を離し逃げ切るには正解ルート。しかし、そうはさせない。

涼太はスロットルを緩め、すぐ後ろを走っていた青木に並ぶと、左手で前方を指差した。

青木はコクリと頷くと、七台のバイクを引き連れ、右折する対向車をかわしながら直進していく。

一方、涼太率いる本隊はすぐにトップスピードに戻し、男の後を追う。先ほどの減速により、距離は開いた。男の背中までは二〇〇メートルといったところか。

片側一車線。対向車が来ていれば、一般車を追い越すには減速は免《まぬが》れない。重要なのは『運』だった。

その『運』が味方したのは涼太だった。追い越しをかけるタイミングで、対向車とのすれ違いを待つ男。すんなりと追い越していく涼太達。男との距離は一〇〇メートルを切った。

男は黒いエルグランドを追い越そうとしながら、対向車線を完全に塞いで走るトレーラーに足止めを食っている。涼太は一気に間合いをつめた。

この道で発砲されれば、回避行動は至難の業《わざ》。しかし、精密なハンドル操作を要される今、射撃をする余裕まではないようだ。もらった……。

勝利を確信した涼太は、男に左側から近付いていく。『逃げる』のを諦め『射殺する』を選んだとしても、この至近距離なら左後ろが最も銃口を向けるのに時間がかかる。その間に横から蹴り倒して終わりだ。

ＸＪＲの腹から離れた涼太の右足が、ＮＳＲのテールを捉える。新車を載せたトレーラーが通り過ぎる直前だった。

と、後方からのサイレンに、涼太の視線がバックミラーに移った。仲間達の後ろには、数台のパトカー。

車体を左に寄せるエルグランド。ＮＳＲはそれを追い越していく。涼太から離れた『運』は、男に味方した。

四輪などに追いつかれてしまったのは、大通りを過ぎてからスピードを落とさざるを得なかったのが原因か。

「くそっ！」

前方に視線を戻した涼太。フルスロットルで、再び遠のいてしまった男を追う。

「停まれ！　涼太ー！」

パトカーの助手席から身を乗り出し、紀内が拡声器で叫び散らす。

トリガーを見つけてしまえば、こうなるだろうとは思っていた。しかし敗北すれば『死』。勝利しても『処刑』。いずれにせよ、涼太の命はない。

「多少の怪我なら負わせても構わん。責任は俺が取る」

紀内は拡声器から口をはずすと、ハンドルを握る若い警官に向けて言った。

「分かりました」

若い警官はアクセルペダルを踏み込んだ。

今奴を逃がしてしまっては、また振り出し。紀内には悪いが、停まるわけにはいかない――。紀内の声は、涼太には届かなかった。

パトカーがいくらスピードを上げようが乗用車。バイク乗りにしてみればどうということはない。が――

今度は前方から、重なり合う排気音。

男が通り過ぎたばかりの交差点。左から現れたのは、バイクに乗った黒い特攻服の集団。その集団は両車線を塞ぐように広がると、真っ直ぐに涼太の方へ向かってくる。

なんてタイミングだ。こんな時に『毘沙門天』と出くわすとは……。突破できるか？

無数のヘッドライトに照らされ眉をしかめながら、涼太は突破口を探す。
四、五人蹴り倒さないと無理か……。まるで数が違うが、やるしかなさそうだな。
やむなくスロットルを緩めると、涼太は体を起こし、戦闘態勢をとった。と、目の前が開けた。

『ブリザード』のことなどまるで見えていないかのように、素通りしていく『毘沙門天』――。

無傷のまま黒い胃袋から吐き出され、面食らったような表情を浮かべる『ブリザード』メンバー。

少し遅れて一台のバイク。乗っているのは上原だった。

「目障りなんだよ。とっとと失せろ」

上原はすれ違い様、涼太に吐き捨てた。

「どかんか！　貴様ら！」

背後から紀内の怒声。『毘沙門天』が、警察をブロックしてくれているようだ。

なんだよ。偉そうに……。

涼太は少し笑うと、限界までスロットルを回した。


少し前まで手の届くところにあった奴の背中は、米粒ほどの大きさになってしまっていた。

赤信号を掲げるT字路。男は左に曲がり、海岸通りへ入っていった。NSRとの衝突を避け、右から走ってきた白い乗用車が急停車した。

乗用車を難なくかわしながら、男の後を追う『ブリザード』。

涼太は読んでいた。このT字路で、男が左折することを。

この時間帯、あの信号機は押しボタン式になっている。車が停車するとセンサーが反応し、一分ほどで青に変わる。バイクならボタンを押す必要があり、その場合も約一分かかる。つまり、『青』である確率は極めて低い。赤信号に突っ込んでいくのなら、衝突のリスクが倍増する『右折』を避けるのが必然。

今の赤信号で、距離はわずかに縮まったばかり。相変わらず片側一車線だが、交通量は減った。お陰でスピードを上げることができるようになった。が、それは男も同じこと。差は埋まらない。

と、光を増すテールランプ。男がブレーキを使ったようだ。

さらに前方から八つのヘッドライト。それは、青木率いる別働隊の放つ光——。

狙い通り。

涼太は口角を上げた。

みるみる近付く男の背中──。

逃がさないよう両車線に広がる本隊、別働隊。徐々にその網は、男を挟み込んでいく。

時速をほぼゼロに落としたNSR。男は忙しく前後に視線を飛ばしながら、網の抜け穴を探している。

さすが涼太さん。こうなったらもう、勝ったも同然。あとは拳銃だけが厄介だが、不規則に蛇行していれば当たりはしない。それで死んだらお慰みだ。

青木は余裕の表情で、『鉄腕アトム』のコールをきりながら、男に近付いていく。

と、十数個のライトを浴びる、男の左手が上がった。浮かび上がる火花。爆音。青木の金色の長髪がちぎれ飛んだ。

「野郎……」

怒りに血管の浮き出た額から、冷や汗を流す青木。コールをきるのをやめ、体勢を低くとった。

どちらの網も、男までは三メートルほど。左手に注意を払いながら、慎重に迫っていく。

銃撃にも崩れない陣形に、前後に抜けることは不可能と判断したのか。男は左右に目をやった。

左──雑木林。右──ガードレールの切れ目に緩い下り坂。

やむなく男は車体を右に倒し、大浜埠頭へ下っていく。

焦る必要はない。その先は、普段、『ブリザード』が集合場所として使っている倉庫街。むしろバイクを捨て、林に逃げ込まれる方が厄介だった。

隊列を崩し、涼太を先頭に後を追うメンバー達。

男は最も手前の建物、現在は使われていない倉庫へ入っていく。

四、五メートルほどスライドした鉄の扉の隙間から、雪崩《なだ》れ込んでいく『ブリザード』――。
考え方によっては作戦を練るチャンスではあるが、『奴』にマガジンを替える時間を与えたくなかった。

茶色の錆びた鉄の壁。コンクリートの床。バスケットコートほどの大きさの、埃《ほこり》以外何もない倉庫。ほぼ中央でNSRの脇に立つ男を、正面から十数台のヘッドライトが照らす。ぶらりと拳銃を下げる男の影が、背後の壁まで伸びた。

「お前の負けだな、トリガー。親父と田辺の分、落とし前をつけさせてもらう」

身軽にXJRから降りると、涼太は集団の先頭で男と対峙した。

と、風を受けボサボサになった涼太の頭の影を膝に映す男の高笑いが、倉庫内に響き渡った。

「つくづくおめでたい奴らだな。え？　社会のクズども。トリガーに逆らえば全員死ぬ。それだけじゃないか」

よく通る声。フルフェイスで籠り、バイクがアイドリング音を鳴らしているにもかかわらず、クリアに聞こえる。

「いや、確実に死ぬのはお前の方だ。その拳銃、種類までは特定できないが、見たところ通常のハンドガン。ロングマガジンじゃないことから、装弾数は十五発前後。そして俺《や》が数えただけでも、お前はすでに八発撃った。一人につき一発で仕留めたとしても、ここにいる全員を殺ることは不可能。マガジンチェンジするスキを与えるほど、俺達はノロマじゃない。生き残った奴らが必ずお前を殺す」

ここに入ってもまだ発砲しないということが、奴もそれに気付いている証《あかし》。

NSRのライトを浴びる涼太は、自分でも意外に思うほど冷静だった。

「社会のクズにしては、少しは頭がきれるようだな。藤井涼太。しかし、よく考えてみろ。お前の父親がしたことを。銀行強盗だぞ？　立派な犯罪じゃないか。それにお前らにしてもそうだ。毎日騒音を撒き散らして、他人に迷惑をかけるだけの存在だ。そんな奴が復讐だと？　逆恨みもいいとこだ」

「てめえのつまらねえ講釈を聴く気はねえ。さっさと始めようぜ？」

「分かった。ではこうしよう。ここにお前一人残れば、他の人間には手を出さない。どうだ？　悪い条件じゃないないだろう」

若干だが、男の話すリズムが早まった。

「……お前が約束を守る保証は？」

「安心しろ。俺も死にたくはない。下手に不意打ちをかけて戻ってこられても厄介だからな。お前を殺すのは、こいつらのバイクの音が消えてからにしよう」

提案に半分乗ったことを示す涼太の問いに安堵したのか、男の話すリズムが元に戻った。

かかったな。さっき言ったやり方では、払う犠牲が大き過ぎる。最低限の犠牲、つまり自分の命だけで奴を殺《や》る策。それを実行するには、この条件は実に好都合。

涼太は男のフルフェイスを見据えたまま、メンバーに言った。

「……従え」

「でも……」

「ここまで来て、そりゃないっすよ」

バイクに跨ったまま、不平不満を漏らすメンバー達。

「おい、行くぞ」

その声を、涼太のすぐ後ろに立つ青木が遮断した。青木には見えていた。後ろに回した涼太の右手が——サインを出している。

他のメンバーもそれに遅れて気付いたが、男に勘付かれぬよう、そこには目を向けなかった。

床に落ちる鉄パイプ、ゴルフクラブ、釘バット——。武器を持っていた者達は、「諦めました」とでもいうように、それらを捨てた。

次々と倉庫から吐き出されていくバイク。涼太の勝利を信じながらも、皆、複雑な表情でスロットルを握る。


多くの光を失った倉庫内。互いの姿を映すのは、それぞれのバイクのヘッドライトのみとなった。

徐々に小さくなっていく排気音の群れ。遥か遠くで消えた。

と、男が噴き出した。

「俺を殺す唯一の方法を手放すとは。やはりお前、結局はバカだな」

「どうかな。てめえの下手糞な射撃じゃ、寝てても当たる気はしねえよ」

どの道、トリガー殺しは死刑だろう。奴の息の根を止めるまで、この体がもってくれればそれでいい。

涼太は鼻で笑いながら言った。

「ガキが……」

ピタリと嘲笑を止め、男は拳銃を持った左手を上げた。

と、倉庫の鉄の壁が、巨大なシンバルを叩いたような音を立てた。弾かれたように、男は音のした方へ顔を向ける。

二人乗りをしていたメンバーの一人に自分のバイクを任せ、残っていた青木が建物を回り込み、壁に飛び蹴りを入れた音だった。

いいぞ、青木。

ニヤリと笑う涼太。仲間が置いていった鉄パイプを拾い上げると、男に向かって投げつけた。

縦に回転しながら飛んでいく鉄パイプ。

男はハッと顔の向きを正面に戻した。

強烈な衝撃——。フルフェイスが下を向く。

コンクリートの床に落ちた鉄パイプが激しく踊る中、男は痛みを振り払い顔を上げた。しかめた目に映ったのは、目の前まで間合いをつめた涼太の姿——。

場数が違うんだよ。

涼太は男の左手を蹴り上げた。跳ね上がる左腕。

……が、拳銃は離れない。一度上を向いた銃口が、涼太の鼻っ柱を捉えた。

ピタリと動きを止め、目を見開く涼太。額から、嫌な汗が流れた。

「惜しかったな。バイクで落とすのを懸念して、グリップを左手に接着してたんだよ。まさかこんな風に役に立つとはな」

男は怒りを押し殺しながら、嘲《あざけ》るように言った。

こいつ、イカれてる……。

呆然と立ち尽くす涼太。

銃口が、右太腿へ向いた。

爆音——。

飛び散る鮮血。感覚を失う右足。涼太は地面に片膝をついた。

しくじった。もう、どうにもならないな……。青木、逃げろ。

「殺《や》れよ……」

顔を上げ、涼太は苦笑いを浮かべた。

「これだけナメたことしといて、勘違いするなよ。お前、楽には殺さねえぞ?」

男は涼太の右太腿を、ロングブーツで踏みにじった。

「ぐっ……」

涼太は顔を歪め、拳を握り締めた。赤く染まっていく右足を、激痛が襲う。

男は笑いながら、ブーツを地面に戻した。

呼吸を荒げ、脂汗を流す涼太。

「いい顔するじゃないか。今からお前に耳寄りな情報教えてやるから、もっといい顔してくれよ?」

男はしゃがみ込み、涼太に目線を合わせた。

「俺は、トリガーじゃない」

「何だと?」

桜井友紀

「ごめんな。今日は、送ってけないわ」

「……うん……」


良平が死亡した日、夜——。涼太の家を後にした友紀は、自宅へ向かった。

電車で二駅、そこから徒歩五分。二階建ての白いアパート。通勤時間を短縮するため、就職を機に実家を出て、一人暮らしを始めていた。

階段で二階へ上がり、一番奥の二〇四号室のドアを開けた。縦長のワンルーム。フローリングの床の中央に炬燵、ベランダに出るための窓に貼りつくように木製のベッドがある。

友紀は電気も点けずに部屋へ入ると、炬燵の上に白革のバッグを放した。

糸が切れた人形のように膝から座椅子の上に崩れ落ちると、紺色のジーンズに包まれた両膝を抱え込み、その上に額をのせた。

黒いコートのファーが、首周りにまとわりついた。

いつもはバイクで送ってもらっているため、着いた時には決まって体が震えている。この日も震えていたが、原因は寒さだけではなかった。

——同日午後二時。

白とピンクのストライプのシャツ。白いスカート。制服の上からコートを羽織り、友紀は入金をするため銀行へ向かった。

孤立した一階建て。自動ドアを抜け、店内に入った。

よく効いた暖房が、耳が冷えていたことを友紀に気付かせる。

正面のカウンターで、『231』と書かれた整理券を抜き取った。赤く光る表示は『226』。平日のこの時間にしては空《す》いている方か。

前、中、後。カウンターに向かい三列置かれたグレーの長椅子には、サラリーマン、OL、主婦などがまばらに座っている。

まだ冷えているコートが背中に密着しないよう、背もたれに背はつけず、友紀は二列目の角に腰かけた。

入金用の黒いバッグを脇に置き、かじかんだ両手を擦《こす》りながら、前方の表示に目をやった——『228』。

と、ふくらはぎを冷やす後方からの冷風。自動ドアが開いたようだ。

肩をすぼめ細めた目に映ったのは、黒い覆面を被った男の後姿。男は真っ直ぐにカウンターに向かって歩いていく。

カウンターで接客する行員は五人。女子行員四人、男子行員一人。

行員は勿論、携帯電話を操作していた者も、雑誌を開いていた者も、例外なく男に注目する。

中央の若い女子行員の前で足を止めた男は、潰れたボストンバッグをカウンターに載せると、黒いMA1の懐から拳銃を抜いた。

天井に向く銃口から、爆音が発せられた。行内に緊張が走る。

恐怖のあまり声を失ったか、あるいは騒ぐことが得策でないことまで計算できていたのか、皆、悲鳴を飲み込んだ。

カウンターの向こうから、自分の眉間を捉える銃口——。女子行員は一度頷くと、バッグを受け取り、慌てて奥へ向かった。

目の周りのみをくり抜いた覆面越しに、カウンター内を警戒しながら、客の方にも振り返る強盗。

息を潜《ひそ》めながら強盗を凝視していた客達は、その視線を避けるように目を逸らした。

札束を詰めて戻ってきた女子行員は、生唾を飲み込みながらバッグを差し出した。

強盗はバッグを受け取ると、拳銃を下ろし、出口に向かって足早に歩き出した。

安堵の表情を浮かべる客達。と、防犯ベルが鳴り響いた。

それをスタートの合図に、強盗は走り出し、友紀の脇を通り抜けた。すぐに後を追う若い男子行員。後ろから強盗に飛びついた。

床に転げ、二人は揉み合っている。

誰もが金縛りに遭っている中、振り返って様子を見ていた友紀は、コートのポケットに右手を入れた。強盗が行員に発砲、もしくは拳銃が暴発でもすれば、何の罪もない行員の命が危ない。この局面でベレッタを抜かなければ、『トリガー』である意味などない。行員を救えるのは、自分しかいないのだ。

友紀は二人の方向に向きながら立ち上がると、右手でベレッタを構えた。

銃の撃ち方を知っている人間であれば、はずしようもない距離――。

しかし、もうかじかんでなどいないはずの右手は、意志とは裏腹に震えている。

床に仰向けになる行員に、覆い被さる強盗。拳銃を握る強盗の腕を、行員は必死に掴んでいる。

フロントサイトの向こう側には、強盗の背中――。頭を狙う自信も、命まで奪う覚悟もない友紀には、好都合だった。

友紀はグリップに左手を添えた。が、震えは倍増しただけだった。

腕力は強盗の方が上のようだ。強盗の握る拳銃。その銃口が、徐々に行員の頭部へ向いていく。

迷っている時間はない。

友紀は固くまぶたを閉じると、一気に引き金を引いた。

防犯ベルの音を、爆音が突き破る。一瞬、時が止まったようだった。

全身の力が抜けたように動かなくなる強盗。それを払いのける行員。どうやら行員は無事のようだ。

行内にいるすべての人間が、唖然としていた。

友紀は反射的にベレッタを持ったままの腕で顔を隠すと、入金用のかばんを手に取り、その場から走り去った。自動ドアが開き始めるまでのわずかな時間が、やけに長く感じた。

強盗の持っていた拳銃がモデルガンであったことも、強盗の命が消えたことも、政府からの連絡を受けた勤務先の休憩室で知った。

夕方、仕事を終えた友紀は、涼太にすべてを話すことにした。

たまたま休みが合った友人と、遊び半分でトリガーの試験を受けたこと。選ばれてしまったこと。それを今まで言えなかったこと。そして、生まれて初めて、人を殺《あや》めてしまったことを。

むしろ聞いて欲しかった。一人では抱えきれなくなってしまった、夢のような現実を。

友紀は店を出ると、すぐに涼太に電話をかけた。

「涼太？　あのさ、話があるんだけど……」

「悪いけど、またにして。……親父が……死んだ」

「え⁉」


朝刊を配達するバイクの音が、友紀の意識を暗い部屋に戻した。

取り返しのつかないことをしてしまった。人の命を奪ったのだ。それも、恋人の父親の命を……。

友紀はバッグの中からベレッタを取り出し、銃口をこめかみに押し当てていた。

一切の温かみを感じさせない、固く冷たい感触――。

さようなら……。ごめんなさい……。

引き金にかけた人差し指に、力を加えていく。皮肉なことに、手の震えはなかった。

と、携帯電話の着信音が鳴り響いた。音から察するに、メールを受信したようだ。

ふと我に返った友紀は、引き金から指を離しベレッタを炬燵の上に置くと、バッグの中から携帯電話を取り出し、メール画面を開いた。

「おはよう。起こしちゃったらごめん！　俺、オヤジ殺したトリガーぶっ殺すわ」

深い悲しみと怒りの中であっても、あえて軽い文章で送ってくるところが、涼太らしかった。

画面に、大粒の涙が零《こぼ》れ落ちた。

父親を殺し、本人までも復讐鬼に変えてしまった……。今消えることは、逃げることによく似ている。そう、今自分が死のうが泣こうが、涼太にも優子、里香にも、何の足しにもなりはしない。どうせ消えるのなら、少しでも罪を償ってからにすべき……。

友紀は涙を拭《ぬぐ》うと、深呼吸をした。

五日後——。仕事を終えた友紀は、藤井家に向かった。

以前と変わらぬ自分を演じる自信がつくまで、五日かかった。

グレーの塗装が剥げかけたドアの前。立ち止まり、目を閉じた。

「よし！」

心の中で呟くと、ブザーを鳴らした。

間もなくして、ゆっくりとドアが開いた。

「友紀ちゃん、久しぶり」

半分ほど開いたドアから顔を覗かせたのは、パジャマ姿の里香だった。一応、笑顔に分類される表情だが、それは暗くかげっている。

「こんばんは」

笑顔で返すが、やましさで一杯だった。

「お兄ちゃんなら、もうすぐ帰ってくると思うよ」

里香は友紀を招き入れると、サンダルを踏みつけていた足を、玄関マットの上まで戻した。

「うん。じゃあ、待たせてもらおうかな」

風の力を借りて、ドアが勢いよく閉まった。

「おじゃまします」

えらく散らかった玄関でブーツを脱ぎながら、友紀は廊下の奥に声を投げた。

「ママはいないよ。仕事行ってるから」

「そっか」

玄関を入ってすぐ左手の、兄妹の部屋。兄と共同の机に向かい、里香は宿題の続きを始めた。

壁際の二段ベッド。仕事着、工具を入れる腰袋が散乱する下段に、友紀は腰かけた。

「宿題？　偉いね」

里香の横顔を覗き込んだ。

「うん。今日学校行ったら色々渡されちゃって。あれからずっと休んでたから」

「……そう。頑張ってね」

無理に笑顔を作るがそれ以上会話を続けることができず、友紀は薄緑の絨毯が敷かれた足元に視線を落とした。

その視界に入った、黒いプラスチック製のゴミ箱。——破り捨てられた画用紙。あの日見せてくれた風景画のようだ。

——私の……せいだ……——

里香からは、『絵』も奪ってしまった……。

友紀は目を閉じ、下唇を噛み締めた。

部屋のドアが開いた。入ってきたのはコンビニ袋を片手に提げた、特攻服姿の涼太だった。

「おかえり」

思わぬ友紀の存在に、涼太は一瞬、面食らったような表情を浮かべた。

「おう。来てたんだ……」

「うん」

ここ数日、ろくに連絡を取っていなかったことに気まずさを感じながらも、二人ともそのことについては触れなかった。

友紀は涼太の横顔から、袖の刺繍に視線を移した。

——引くだろ？　こんなの着てたなんて。恥ずかしいけど、自分への戒めの意味で、とってあるんだよね——

もう着ることはないと言っていたはずの特攻服——。

このところ、頻繁に出没する暴走族は、間違いなく涼太のチーム。その排気音の群れを耳にするのが、日中の仕事先近辺に集中していることから察するに、父親が死亡した時間、場所は、トリガーとの遭遇率が高いとふんでいるのだろう。だとすると、ろくに仕事には行っていないはず。しかし、知らぬ顔で「諦めろ」などと言える自信もない……。

友紀は、涼太の服装についても触れないことにした。

「これ、から揚げ弁当。腹減ってたら食えよ」

涼太はコンビニ袋を差し出しながら、里香の背中に声をかけた。

「うん。いらない」

振り返りもせず、里香はそっけなく返した。

兄の復讐を、愚行と捉えてのことだろう。どうあれ仲の良かった兄妹の関係に、亀裂が入ってしまったのは確か。そして、その元凶は自分。

耐え切れず、友紀は立ち上がった。

「今日は帰るね。『元気かな?』と思って、顔見に来ただけだから」

「そっか。送ってこうか?」

何も口を出してこないことに、涼太は少し拍子抜けした様子だ。

「平気。まだ電車あるし。じゃあね」

部屋のドアを引き開けながら振り返り、精一杯笑顔を作った。

「じゃあ、気を付けてな」

「バイバイ、友紀ちゃん」

座ったまま振り返った里香が、涼太の後ろから手を振った。

「うん。バイバイ」

ブーツを履きながら言うと、家を出た。

団地に沿って駅へ続く歩道を歩く。

前方から覚束《おぼつか》ない足取りで歩いてくる女。うつむいた顔が、街灯の光の中に入った。

「あ！　こんばんは」

友紀は反射的に声をかけていた。優子だった。

「あら、友紀ちゃん」

くたびれた様子の顔に笑みを浮かべたが、優子はすぐに視線を落とした。

明らかに派手になった服装、化粧、髪型。誰が見ても水商売をしていることは明らか。

友紀は、優子の変化に気付いたことを悟られぬよう、普段通りの口調を心がけた。

「おじゃましました。おやすみなさい」

「おやすみ。気を付けてね」

再び力のない笑みを浮かべて言うと、優子は歩き出した。

「はい」

振り返り、後姿を見送った。

以前は商店街の花屋で働いていたはず。しかし、夜の仕事を始めたのも、良平の収入がゼロになったことを考えれば、当然なのかもしれない。

友紀はきつくまぶたを閉じ、こみ上げてくる涙を堪《こら》えた。

泣く権利などない。泣いている時間などない。この手で滅茶苦茶にしてしまった家族を、少しでも元に戻せるよう、そのために生きると決めたのだから……。

友紀はまず、身の回りの世話から始めることにした。

あの時、涼太が里香に差し出したコンビニ弁当。おそらく三人の食生活は、えらく偏っていることだろう。

友紀は、仕事が終われば毎日、スーパーで買い物をし、夕食を作りに行った。

そんな生活をしながら、涼太の復讐を止めるチャンスを窺った。しかしその糸口を見つけることができないまま、半年が過ぎた。

涼太がトリガーに射殺されないことを知っているからこそ、半年間耐えることができた。しかし裏を返せば、自分が良平を殺したトリガーであるからこそ、「諦めろ」とは言えなかった。

交差点の角にあるファミリーレストラン。中央付近に置かれたレジから見て、左手に禁煙席。正面に手動ドアの出入り口。右手に喫煙席。その奥にトイレ。背後には厨房。その隣に従業員用の休憩室がある。

涼太率いる暴走族が近くを通るたびに胸が締めつけられる。半年経った今でも、その感覚が麻痺することはない。

慌《あわただ》しい昼のラッシュが過ぎ、落ち着いてきた店内。

「ありがとうございました」

レジに立つ友紀は、店を出ていく子連れの女の背中に、頭を下げた。

レジの脇に置かれたラックに並んだ玩具。若い母親に手を引かれながらも、限界まで首を回し、幼い少年はそれを見つめ続けている。

「またね」

微笑ましく少年を見守っていた友紀は、小さく手を振った。

布巾の載ったトレーを持ち、今出ていったばかりの親子が座っていた、窓際の禁煙席に向かった。

客のいない隣の席にプラスチック製のトレーを置くと、その上に皿を重ねた。布巾でテーブルを拭きながら、何気なく外を眺めた。

と、友紀の手が止まる。

「涼太？」

大きく開いた目に飛び込んできたのは、赤信号の先頭でバイクに跨っている涼太の姿――。

テーブルを回り込むと、ソファーに両膝をつき、目を凝らした。

見下ろした涼太の横顔は、遠目からでも思いつめた表情をしているように見えた。

チームで通ることは珍しくなかったが、今日は単独行動。荷物を持っていないことから、日雇いのアルバイトではない。

友紀は思考を巡らせながら、青信号に走り出した涼太を見送った。

――このまま走ってるだけじゃ、見つかる気がしねえな――

一昨日聞いた、チームのメンバーであろう誰かと、携帯電話で会話していた涼太の言葉――。

ハッと目を見開いた。振り返って見上げた壁掛け時計の針は、午後二時半を回っていた。

涼太が三つ葉銀行を襲撃する映像が、頭に浮かぶ。

まさか。いや、ここ最近の涼太の苛立った様子を思い出すと、『ない』とは言い切れない。トリガーに射殺される可能性はゼロではあるが、もし的中すれば、ただでは済まない。よくて刑務所行き。最悪の場合、処刑……。

友紀は平静を装いながら、ホールと厨房を繋ぐカウンターの上にトレーを置くと、店内を見渡した。

幸い、今店にいる社員は自分一人……。

「そろそろ、休憩回そうか？」

注文をコックに伝えにきた、アルバイトの陽子に言った。

「やった！　でも、いいんですか？　さっき入ったばっかりなのに」

「うん。せっかくお客さん少ないことだし」

そう言えるほど少なくはなかったが、友紀はポーカーフェイスを通した。

「さすが、話が分かる社員」

陽子は、おだてるように言った。

「まあね。じゃあ、十五分ずつね」

陽子にピースサインを送ると、休憩室へ向かった。

「はーい」

厨房の脇の通路を抜け、『STAFF　ONLY』のプレートが貼られたドアを開けた。中に入りドアを閉めた途端、友紀は隠していた焦りを解放した。

六畳ほどの広さの部屋。数歩で辿り着く距離だが、壁際のロッカーに向かって走る。

右端の上段にある自分のロッカーを乱暴に開けると、白革のバッグから、シルバーの携帯電話を取り出した。

『1』、『通話』の順でボタンを押した。

コールする涼太の携帯電話。

友紀は自分を落ち着かせるようにパイプ椅子に腰かけると、電話を耳に押し当てたまま、木製の長机の上に両肘をついた。

普段なら休憩時間を確認するために見るはずの、ドア付近に置かれたタイムカードの時計。それに目をやる余裕などなかった。

「留守番電話サービスセンターに接続します」

今の自分の心境とはまるで対照的な、冷静で無機質なアナウンス。

電話を切った。

今から店を抜け出したとして、涼太を止めることが自分にできるだろうか？　何より『あの日』以来、三つ葉銀行には足を踏み入れていない。いや、できないのだ。近付くだけで襲ってくる頭痛と吐き気に、何もできずに倒れてしまうのが関の山……。では、他に手は……。

頭を高速回転させた。ハッと顔を上げると、忙しく電話のボタンを押した。

数回のコールで、ディスプレイの表示が『呼び出し中』から『通話中』に変わった。

「あ、もしもし。友紀です。涼太の彼女の」

えらく早口になってしまっていることに、友紀本人は気付いていない。

「ああ、どうも。どうしました？」

珍しい人物からの着信に、樋口は少し戸惑っている様子だった。仕事中であることは、声に混じって聞こえてくるエンジン音や、コンプレッサーの音で分かった。

「自分の身を案ずる友紀の不安を少しでも緩和できれば」と、涼太は友紀に、親友である樋口の携帯番号を教えていた。

「あの、実は――」

焦りに言葉を詰まらせながらも、友紀は懸命に事情を説明した。

「――なるほど。あいつならやりかねないな。でも、今から俺が行ったところで、もう間に合わないだろうし……。そうだ！　ちょっと待ってて下さい。折り返します」

友紀が返事をする前に、電話は切れた。携帯電話を握り締め、画面を見つめる。

壁掛け時計の秒針の音が、焦りを加速させた。

――光る画面。着信音が鳴る前に、通話ボタンを押していた。

「はい！　もしもし。どうでした？」

約三分ほどのことだったが、友紀には永遠にも感じられる時間だった。

「おっかないけど、頼りになる人がいて。その人に頼んどいたから、きっと大丈夫ですよ。ただ、涼太が銀行行ってなかったら、俺がその人に半殺しにされるけど——」

樋口は乾いた苦笑いをした。

「『おい、いつまでサボってんだ！　この野郎！』。すいません！」

中年男の怒鳴り声に、焦り出す樋口。

「じゃあ、戻らないと」

「はい。あ、どうもありがとうございました！」

切られる寸前の電話に、何とか礼を滑り込ませた。

不安は残ってはいるが、あとは祈るしかない。

友紀は大きく息を吐くと、休憩室を後にした。とても『休憩』と呼べる時間ではなかった。


涼太が無事で済んだことは、紀内から樋口へ、樋口から友紀へと伝わった。

しかしそれでも、買い物を済ませ涼太の家に向かう友紀の足取りは重かった。

今日のことは、たまたま運が良かっただけ。もうこれ以上、涼太を危険な目に遭わせないためには、打ち明けるしかない。自分がトリガーであることを。そして消えよう。壊してしまった家庭を、元には戻せなかったけれど……。

涼太の家に着いた。ドアにはサンダルが噛ませてある。留守ではなさそうだ。

ドアを開けた。袖の短い白Tシャツから伸びる両手にそれぞれ一つずつ持っていたスーパーの袋が、ドアと薄いピンク色のロングスカートに擦《こす》れて、カサカサと音を立てる。

「おじゃましまーす」

精一杯明るく言いながら、ビニール袋を一度玄関マットの上に置くと、底の厚いサンダルを脱いだ。

「あれ？　誰もいないのかな？」

部屋の明かりは点いていない。夏とはいえ、午後六時を回っている室内は薄暗い。廊下を進み、ダイニングに出た。

「あ、涼太。いたんだ」

和室で大の字になる涼太の姿に足を止め、ビニール袋を下ろした。

「大丈夫？」

涼太の脇に座り、顔を覗き込んだ。

涼太にとっても、壮絶な一日だったことだろう。しかしもう、そんな思いをさせることはない。家の中には二人きり。すべてを話すには好都合。せめて最後に夕食を作ってからにしたかったが、今こそ打ち明ける時。

友紀はまぶたを閉じて、決意を固める。と、寝転んでいた涼太が、ふいに友紀を抱きしめた。

「ちょっと、どうしたの？」

予想外の行動に目を見開き戸惑ったが、すぐに微笑んだ。

最後に、抱きしめてもらえてよかった……。

一切の迷いがなくなった友紀が口を開いた。が、先に言葉を発したのは涼太だった。

「俺、もう諦めようかな……」

涼太の口から出たとは思えぬ弱気な言葉……。

友紀の心に流れ込んでくる涼太の感情――。

友紀は一瞬自分がトリガーであることを忘れ、気が付けば恋人として、涼太の頭をそっと撫でていた。

「うん。偉いね!」

本心だった。

これでもう少しだけ、一緒にいられる。

友紀は溢れ出す涙を必死に堪《こら》えた。しかし、とてもまぶたで止められる量ではなかった。

今の自分の顔が、見られたものではないことだけは確か。

互いの顔が見えないことが幸いしたのは、泣き顔を見られたくない涼太だけではなく、友紀も同じだった。


涼太が仕事を再開したことにより、優子は水商売を辞め、昼の仕事に戻ることができた。

あとは里香……。

外にはまた、冷たい風が吹き始めていた。


「行ってきまーす」

冬服になったセーラー服で、里香は玄関を出た。

歩いて通える距離にある高校へ向かう。団地を抜けると、赤信号に足を止めた。

目の前で停車する白い小型車。助手席のパワーウインドウが開いた。

「車に乗れ。騒ぐんじゃないぞ」

聞き覚えのある声に、里香は運転席を覗き込んだ。

「友紀ちゃん！　何してるの？」

驚いたが、自然に笑いが零《こぼ》れた。

「おはよう。今日、学校休まない？」

運転用の黒縁眼鏡をかけた友紀は、白いスニーカーでブレーキペダルを踏み続けながら訊ねた。

「え？」

里香は面食らったような表情を浮かべる。

「ドライブ行こうよ」

友紀は悪ガキのように笑った。

「……うん！　行く！」

嬉しそうに答えながら、里香はドアに手をかけた。

「よし。決まり」

と、後方から浴びせられるクラクション。

「あー！　ごめんなさーい！」

友紀はあたふたしながら、ようやくハザードランプを点けた。

怒りをぶつけるようにエンジンをうならせ、紺のＢＭＷが追い越していった。

「じゃ、気を取り直して……」

友紀は自分を落ち着かせるように息を吐き、里香がシートベルトを締めたのを確認すると、シフトレバーをドライブに合わせた。

くすくす笑う里香と頼りない運転手を乗せ、レンタカーのマーチは走り出した。

高速道路に乗る前に立ち寄ったレンタルビデオショップ、コンビニエンスストア。そこで買ったCDを流しながら、ポッキーを食べながら、二人は色々な話をした。

快晴の空の下、少し開けたままの窓から二人の歌声を漏らして、マーチは度が過ぎる安全運転で山道を登っていく。

高台にある駐車場に車を停めた。平日だけあって他に車は数台だけだった。

そのすぐ脇にあるさびれたレストラン。二人以外の客はない。『醤油ラーメン』の食券を二枚買い、注文の品をトレーに載せると、窓側の席に向かい合わせに座った。

「いただきまーす」

一口すすった二人の割り箸が同時に止まる。

顔を見合わせ苦笑いした。

「結局、ポッキーだね」という結論に至った二人は、売店でそれを買い直し、木々に囲まれたハイキングコースを歩き始めた。

舗装された道は徐々に狭くなり、やがて砂利道になった。

あと一息で森を抜けるところ。草原の上に、板を繋ぎ合わせて造られた道が見えた。と、そこで友紀が立ち止まった。

「じゃあそろそろ、これ着けてもらおうかな」

バッグからアイマスクを取り出すと、数歩進んでしまった里香に言った。

「え？　なんで？」

「誘拐されてる人間が、余計な質問をするんじゃやない」

友紀は、洋画でよく耳にする声優の口調を真似た。

思わず笑ってしまう里香。アイマスクを受け取ると、前髪を上げながら、それを着けた。

友紀の肩に掴まりながら進んでいくと、すぐに茶色のローファーが出す足音が変わった。さっき見た板の上まで来たようだ。

「はい。ストップ」

友紀の指示に、里香は従った。

「じゃあ、ゆっくり右向いて？」

里香の両肩を支え、九〇度回転させた。

「はい。じゃあ、目隠しを取って下さい」

友紀は得意気な口調で言うと、ゆっくりと両手を離した。

「なんか、ドキドキするなぁ……」

アイマスクをはずすと、無意識に閉じていたまぶたを、恐る恐る開いていく。

眩しさに邪魔をされながら、目を凝らした。

目が慣れていくにつれ、真っ白だった景色の正体が、徐々に鮮明に映し出されていく。

太陽の光。空の青。聳《そび》え立つ山々。そして、白、ピンク、紫。一面に広がるコスモス畑――。

「わぁ……」

目と口を大きく開き、里香は思わず声を漏らした。

「これ見せたかっただけなんだ。ごめんね。学校休ませちゃって」

「ううん。……ありがとう。連れてきてくれて」

コスモス畑を眺めながら話した。


再びマーチに乗り込んだ時、ダッシュボードのデジタル時計は、午後二時を回っていた。

帰りもリピートし続けている、行きに買ったCDの曲。二人とも、歌詞を見なくても歌えるほどになっていた。

しばらく高速道路を走っていると、里香が急に無口になった。眠ってしまったようだ。

友紀は微笑みながら、音量の『－』ボタンを数回押すと、チューインガムを口に入れた。


里香の住む棟の前でサイドブレーキを引いた。

「到着ー」

「運転、お疲れ様」

高速道路を降りたところで目を覚ましていた里香は、すっかり本調子に戻っていた。

「いえいえ。お粗末さまでした。あっ、ちょっと早いけど、これ誕生日プレゼント」

友紀は、上体をよじって後部座席からラッピングされた大きな袋を取ると、里香にそれを差し出した。

「わあ！　ありがとう！」

その青いリボンが巻かれた銀色の袋を、里香は嬉しそうに両手で受け取った。

「うん。じゃあ、またね」

「え？　上がってかないの？」

笑顔は一変して不満気な表情になった。

「うん。そうしたいところなんだけど、今日は帰らないと。車返さなきゃいけないし、里香ちゃんに学校休ませたのがバレたら、叱られちゃうから。だから今日のことは、二人の秘密ということで」

友紀は、何かを企《たくら》む悪ガキのように言った。

「了解しました」

里香の顔に笑みが戻った。プレゼントと黒革の学生かばんを持って、車を降りた。ドリンクホルダーに載せっぱなしのファンタグレープのことなど忘れていた。

「じゃあね」

「うん。バイバイ」

里香はプレゼントを両手で抱え、親指のみでかばんの取っ手をひっかけている手を、小さく振った。

マーチはノロノロと走り出し、左折して消えた。

鍵を開けるのに手こずったが、里香はなんとか部屋に戻った。かばんを雑に絨毯の上に放すと、プレゼントを大事そうに机の上に置いた。

椅子に座った。包装紙すら破れてしまわぬよう、丁寧にセロテープをはずしていく。

姿を現したのはデパートの袋。それを開け、覗き込んだ。

筆。絵の具。スケッチブック――。

中身を机の上に出した。と、ポトリと落ちる一通の手紙。――『里香ちゃんへ』。

ディズニーキャラクターのイラストがプリントされた封筒を開いた。


お誕生日おめでとう！　なんか、押しつけがましいプレゼントでごめんね。でも私、里香ちゃんの絵がまた見たい。だって、ものすごくうまいから。お父さんが亡くなったのは、里香ちゃんのせいじゃないよ。それに、お父さんがああいうことしたのは、きっと里香ちゃんに絵を描いてほしかったからだよ。だから、絵を嫌いにならないで下さい。少なくともここに一人、ファンもいることだし。なんか、お節介なことばっかり言ってごめんね。また遊びにいこうね！

友紀

「……うん……」

涙ごと封筒に戻すと、丁寧に引き出しにしまった。

今日見たあの景色を忘れてしまわないうちに……。

スケッチブックを開いた。が、どうやら一枚目はふやけてしまって、絵を描くことはできそうになかった。


翌日、夜――。友紀と藤井家の三人は、炬燵の上で湯気を立てる、すき焼鍋を囲んでいた。

「誰かさんがバランスも考えずに肉ばっかり食べるから、もうなくなっちゃった」

里香は、仕事着のままの涼太に当てつけるように言った。

指に付着した絵の具。絵を描き始めたようだ。

「まだまだあるから平気だよ。お給料入ったからお肉いっぱい買ってきたんだ」

友紀は涼太が言い返してしまう前に、キッチンへ向かった。

「やったー！　ありがとう」

里香が目を輝かせる。

「うん」

言いながら、冷蔵庫の前にしゃがみ込んだ。

「友紀ちゃん、ありがとうね」

優子は申し訳なさそうに言った。

「いえいえ」

友紀は牛肉の入ったパックを重ねたまま取り出した。

「でも、たくさんあったらあったで、肉のありがたみって半減するもんだな」

卵にまみれた豆腐を口に運びながら、涼太はしみじみと言った。

「えー！」

目を丸くし、愕然《がくぜん》とする友紀。

「ひどい！　友紀ちゃんに謝りなよ！」

里香が涼太を睨みつける。

「あっ！　わりい」

自分の言い放った言葉が失言だったことにようやく気付いた涼太は、苦笑いしながら顔の前に左手を立てた。

「何よ！　その軽い感じは！」

むしろ里香の怒りは増幅してしまったようだ。

「なんでそんなにキレてんだよ。お前には何もしてないだろ」

「ちょっと、喧嘩しないの」

呆れ顔で里香を諭す優子。

キッチンから三人のやりとりを見ていると、友紀は自然に微笑んでいた。

この三人なら、きっともう大丈夫。あとは決めた通り、自分が消えるだけ……。


「おい。着いたぞ？」

友紀のアパートの前。バイクを停めた涼太は振り返り、自分の腹に両手を回したまま降りようとしない友紀に言った。

「うん……」

友紀はそっと両手を離すと、もう二度と乗ることのないリアシートから降りた。

「どうかした？」

「ううん」

「危ないからフルフェイスじゃないと乗せない」と、つき合うことになった時、涼太に買ってもらったヘルメットを上げていく。顔が出る前に、作り笑顔が間に合った。

「ありがとね」

リアシートの下にあるフックに、フルフェイスを取りつけた。

「うん。じゃあね」

涼太はにっこり笑うと、ギアを入れた。

「気を付けてね」

――元気でね。

「うん」

走り去る涼太。姿が見えなくなっても、友紀はしばらく見つめていた。

部屋に入った。電気を点けブーツを脱ぐと、座椅子に座った。

薄茶色のテーブルの上に落ちている髪の毛を摘《つま》み上げ、ゴミ箱に捨てると、白革のバッグからベレッタを取り出した。

と、友紀はふと笑った。

どうせ死ぬというのに、盛大に部屋が汚れるというのに、髪の毛など気にしている自分が可笑《おか》しく思えた。

こめかみに、銃口を押し当てた。

もうこれ以上、自分がしてあげられることはない。死んだ先で、もし良平に逢うことがあったら、精一杯謝罪しよう。

引き金に指をかけた。

どうか涼太に、早くいい人が見つかりますように……。

……引けない。

迷う権利などない。これで消えないのは、虫がよすぎる。

……引けない。

選択肢はない。消えるしかないのだ。

――床に落ちたベレッタが、ゴトリと鈍い音を立てた。

「死にたくない！　死にたくないよ……」

少女のように声を上げ、泣き崩れる友紀。両膝を抱え、うずくまった。

あと一日だけ、待って下さい。

すすり泣きが、狭い部屋に響いた。

「あと一日、もう一日だけ」と延期しているうちに、友紀の心境は変化していった。

このままあと二ヶ月余り、自分がトリガーだということを隠し通せれば、この鉄の悪魔の引き金を引きさえしなければ、今の幸せがずっと続くのではないだろうか。


夕食後、涼太の家のダイニング。

「はい、勝ったー。やったね！」

黒いセーターに包まれた両肘をつき、チェックのミニスカートを履いた足を炬燵に突っ込みながら、里香とマリオカートの対戦をする友紀は、ポータブルゲーム機から離した片手で作ったピースサインを、里香に向けた。

「ちょっと待って！　もう一回やろう!?　ね？」

友紀とほぼ同様の体勢をとっていたスウェット姿の里香は、「連敗の理由は寝転んでいたからだ」と言わんばかりに炬燵から足を抜き起き上がると、友紀の顔を覗き込んだ。

パジャマの上にニットのカーディガンを羽織る優子は、座椅子に座りテレビを見ている。耳に入ってくるゲームの電子音と楽しげな二人の声で、番組の内容などほとんど聞き取ることはできなかった。が、微笑んでいた。

「仕方ないなあ」

得意気に答える友紀。

「もう始まってるよ」

画面を見つめながら、からかうように笑う里香。

「あ！　ずるい！」

友紀は慌てて画面に視線を移した。

二人は夢中になって対戦を続ける。

と、玄関のドアが閉まる音。それぞれの画面を見つめる二人の目が、同時に玄関の方に向く。

「今、ドア開いたよね？　ちょっと見てくるね」

友紀はゲームを中断し、立ち上がった。

「うん。じゃあ、この勝負はノーカウントだね」

今回も負けそうだった里香は、素直に従った。

「うーん。そうだね」

友紀は苦笑いしながら答えた。

廊下に出た。正面に見える玄関のドアは閉まっている。さっき聞いたのは、涼太が風呂のドアを閉めた音だったのだろうか？

風呂場の電気は消えている。湯気で曇った鏡――洗面所にも、涼太の姿はない。そのまま廊下を進み、涼太と里香の部屋に入った。

「涼太？」

電気が点いたままの部屋。やはりいない。

と、友紀は目を見開いた。

――特攻服がない。

気付くと同時に耳に入ってくるエンジン音。猛スピードで走り去ったのは、間違いなく涼太のバイク……。

友紀の心に、嫌な想像が膨らむ。

コンビニに何かを買いに行くくらいなら、特攻服など着るはずはない。ではまた、『トリガー狩り』を始めてしまったのだろうか？　いや、まだそうと決まったわけではない。

友紀は二段ベッドの足元に置いていたバッグから携帯電話を取り出し、涼太にかけた。が、案の定数回コールした後、留守番電話に切り替わった。

すぐに通話終了ボタンを押した。もうかける相手は、樋口しかいなかった。祈るような気持ちで、『呼び出し中』が『通話中』に変わるのを待った。

「はい」

三度目のコールだった。

「あの、今日涼太と会いますか？」

ホッとする間もなく、友紀は質問を浴びせかける。

「実はさっき後輩が撃たれて、今から俺も行かないと」

樋口はえらく急いでいる様子だ。

「え⁉」

友紀は目を丸くした。

そんなはずはない。神奈川県のトリガーは、自分なのだから。本当に撃たれたのであれば、撃った人間はただの犯罪者——涼太が危ない。

もう、迷っている場合ではなかった。

「……私が、トリガーなんです」

「え？」

悪戯《いたずら》や冷やかしとは思えぬ声のトーンに、戸惑いを隠せない樋口。

友紀は、すべてを打ち明けた——。

「——だから私を、涼太のところに連れていって下さい」

固くまぶたを閉じながら言った。

「……分かりました。今どこですか？」

衝撃の告白に混乱しながらも、樋口は気持ちを切り替えたようだ。

場所を告げ、電話を切った。二段ベッドの下段にかけていたファーのついたベージュ色のコートを羽織ると、バッグを肩にかけた。

事を荒立ててしまわぬよう、友紀は極力音を立てずに家を出た。

棟の前の歩道。はやる気持ちを抑え、足がしっかりと入っていなかったブーツを履き直して間もなく、樋口が到着した。

「早く乗って」

友紀の真横に荒くゼファーを停めた樋口は、油で汚れた白いツナギから伸びる手で、半キャップのヘルメットを差し出した。

「すいません」

受け取りながら、リアシートに跨った。

「お願いします」

言い切る前に走り出すゼファー。ヘルメットのひもの長さが合っていないことなど、気にならなかった。

振り落とされそうなほど荒い運転。耳を切り裂くような風。

しかし友紀は、恐怖も寒さも忘れていた。

樋口は四肢を駆使し、ゼファーを走らせる。——銀行での発砲。きっと自分がトリガーだったとしても、同じことをしていただろう。運悪く、たまたま涼太の父親だっただけの話。二つ年上とはいえ、友紀はもう一年近く、その罪悪感を一人で抱え込んできたのか。『トリガー狩り』をしていた半年間、無意味に走らされていたかと思うと多少の憤《いきどお》りは感じるが、遥かに同情の方が上。言えなかったことも、自分でもきっとそうだ。むしろ逃げ出さなかったことに、頭が下がる。だから、望むようにしてやろう。いずれにしても、チームのメンバーが撃たれてしまった以上、友紀がトリガーであることを知らせたところで、もう涼太を止めることはできない。ならば協力して、田辺を撃った人間を殺《や》るのが得策。涼太に話すのはその後だ。

トップギアでのフルスロットル。ゼファーのエンジンが唸りを上げた。

大浜埠頭、倉庫裏手——。

渾身の飛び蹴りを放ち、地面に尻餅をついた青木は、涼太の勝利を祈っていた。が、聞こえた銃声に、冷や汗を流した。

サイン通りに事が運べば、発砲はさせないはず。ということは、失敗か……。

青木は冷たい壁に耳をつけ、澄ました。微《かす》かに聞こえる、奴と涼太の声——まだ生きている。

拳銃を持った相手に対して、木刀一本とは泣けてくるが、やるしかない。

青木は立ち上がると、仲間が残していった木刀を拾い上げた。と、振動するズボンのポケット。

携帯電話を取り出した。ディスプレイの表示——『樋口大介』。


倉庫内——。

「俺は、トリガーじゃない」

「何だと？」

涼太は、しかめていた目を見開いた。

「外にまだ鼠が一匹うろついているようだが、まあいい。俺をトリガーだと思い込んでいる以上、警察に助けを求めるなどという発想自体出てこないだろうからな。仮にそうしたとしても、社会のクズの言うことなど、警察が信用するわけがない。それに俺の目的は、最初からお前一人だ」

男は両手で、フルフェイスを取った。男の顔がＸＪＲのヘッドライトに照らされた。

——正気か！　アンタ！——

——ああ。正気さ——

三つ葉銀行の行員。しかし、なぜ……。

涼太は眉をしかめる。

男は立ち上がると、ヘルメットを被っていたことにより潰れた黒髪をかき上げた。

「覚えていたようだな。俺は銀行を襲った犯人、つまりお前の父親が死んだ日も、銀行にいたんだ。あの日俺は強盗犯を捕まえようと、後ろから飛びかかった。が、揉み合いになり、危うく銃弾の餌食になりかけた時、トリガーがお前の父親を射殺した。俺はトリガーに救われたんだ。まあ、結果的には、お前の親父が持っていたのは、モデルガンだったがな。トリガーは女だった。女は顔を隠しながら銀行を出ていったが、仰向けになって倒れていた俺には見えた。黒いコートの下に着ている、ファミレスの制服が」

地面に視線を落とす涼太の眉が、ピクリと動いた。

「俺はその日のうちに店を訪ねた。この神奈川県のトリガーが、どんな人間なのか？　興味が湧いたからな。髪型ですぐに分かったよ。神奈川県のトリガーは、俺好みの女だった。そして俺はその女に人間として興味を持ち、調べ上げた。するとどうだ？　お前のような社会のクズとつき合っているじゃないか」

友紀が、トリガーだと？

驚愕《きょうがく》する心が、右足の痛みを緩和した。

「だから、お前を殺すことにした。すべてで上回っている俺の方が、よほど彼女を幸せにできるだろう。しかし、横須賀基地の米兵を抱き込むのに苦労したよ。約九ヶ月かかった。おまけに貯金も使い果たした。トリガーを探し回っているお前を誘《おび》き出すには、拳銃が必要だったからな」

このイカれたストーカー野郎が言ってることが本当なら、俺は……。

涼太はしかめていた目を、ハッと見開いた。

「ようやく気付いたか。そう、お前は『追い詰めた』のではなく、『誘い込まれた』んだよ」

涼太の反応を見て笑い出すと、男は正面に座り込み、神経を逆撫でするような口調で言った。

「この倉庫に着いた時、なぜドアが開いていたんだ？　俺が開けておいたからだよ。この時間、ここならまず邪魔が入らないからな。途中、警察が現れたのは計算外だったが、今となればいい余興《よきょう》だった。さて、そろそろ死んでもらおうか。今からお前のこめかみを撃ち抜く。その後、この拳銃のグリップごとつけ替えてお前の手に握らせれば、『仲間を撃った罪悪感で自殺した』ってことになるだろう」

男は跪《ひざまず》く涼太の右側に回ると、こめかみに照準を合わせた。

うつむいたまま、動かない涼太。左側に落ちている、鉄パイプに目をやった。

この気狂《きちが》いから、友紀を守らなければ……。あれを掴むことができれば、足が利《き》かなくても頭をカチ割れる距離。しかし、友紀は父を殺したトリガー。探し続けてきた敵《かたき》。守るべき存在なのか？　そもそも、殺しを認められている人間《トリガー》を守る？　笑えるな。大体、この足で、この状況で、自分にその選択肢があるか？　いや、どうせ死ぬのならやってみるか。万が一成功すれば、また会える。また会える？　会ってどうする？　殺すのか？

無数の感情が、涼太の心の中で暴れ回る。

「つくづくバカな奴だ。反撃などしなければ、知らずに死ねたものを」

男は撃鉄を起こした。

もう、どうでもいいや……。死ねばきっと、何も考えずに済むだろう。それが今の、一番の望みだ。

涼太は伸ばしかけた左手を止めると、静かに目をつぶった。

男が引き金に指をかける。

倉庫内に、爆音が鳴り響いた。

案外、何も感じないものなんだな……。

涼太のまぶたが、無意識に開かれた。先ほどと同じ景色、右足の痛み。——生きている。

じゃあ、奴は？

右を向いた。

ブラリと下がる男の左腕。

爆音——。

男はよろけ、
爆音——。

膝から崩れ落ち、
爆音——。

前のめりに倒れた。

背中に開いた四箇所の穴から流れる血が、コンクリートの床を赤く染めていく。

涼太はそのまま振り返り、銃声の聞こえた方向、出入り口に目をやった。

ＮＳＲのヘッドライトにぼんやりと照らされているのは、拳銃を下げ、震えながらへたり込んでいる友紀。隣には自分の両膝に手をやり、なんとか立っている樋口。共に、肩で息をしている。

バイクの排気音が倉庫に近付きすぎる、もしくは、少し離れていても停まっている音が聞こえれば、奴が怪しむ。そうなってしまったら、奴は涼太を即射殺してしまうだろう。

そう考えた青木は、道路沿いで樋口、友紀が来るのを待った。二人を降ろすとすぐに跨り、『ただ通っただけのバイク』を装うため、ゼファーを走らせた。そして二人は、坂道から倉庫まで、全力疾走したのだった。

疲れと大量の出血に、涼太は仰向けに倒れた。

引き金を引いてしまった。今ある『幸せ』と呼べるもの、すべてと引き替えに。しかし、涼太を救えたのだから、それだけで充分。

友紀は這うように涼太に近付くと、顔を覗き込んだ。

「よかった。間に合って」

安堵し、微笑む友紀。無意識に涼太の髪に触れようとした手を、理性が止めた。

もう自分には、涼太に触れる資格はない。

唇を噛み締めながら、左手を膝に戻した。

「お父さん撃ってごめんね。ずっと黙っててごめんね。これで許して」

これで最後。笑おう。

笑顔を作ると、自分のこめかみに銃口を押し当てた。

「バイバイ。元気でね」

と、目を逸らしていた涼太が友紀を見上げ、口を開いた。

「おい、トリガー」

「……はい」

名を呼ばれなくなって当然。

友紀は悲しみを堪《こら》え、か細い声で返事をした。

「もうこれ以上、俺の大事な人を殺さないでくれよ……」

伸ばした涼太の右手が、友紀の冷えた頬に触れた。

「……」

床に落ちるベレッタ。友紀は少女のように声を上げ、泣き崩れた。

目頭を押さえ、天井を仰ぐ樋口。

嗚咽、泣き声、鼻をすする音。それらは混ざり合い、倉庫に響き渡った。


「あのさ、そろそろ救急車呼んでくれない？」

宮沢沙耶花

宮城県、仙台市——。五階建ての茶色のビル。二階から上は住宅だが、一階は橋本不動産の営業所になっている。

ガラス製の自動ドアから店内に入ると、接客用のカウンター。その中には、事務机が五つ。二つずつ向かい合わせに置かれた机には営業マン三人、経理一人。店内を見渡すように奥の壁際に置かれた机に店長。計五人が勤務している。

カウンター側の席に座る経理の沙耶花は、右耳に飛び込んでくる怒声に、電卓を叩いていた手を止め、その声の主である店長の坪井に視線を移した。

「お前いい加減、契約取ってこねえとクビにすんぞ！　客なんて騙《だま》したっていいんだからよ！　それができねえなら、やめちまえよ！」

坪井は色黒の額に血管を浮き立たせながら、自分の事務机の前に立つ営業の藤間《とうま》を、今にも殴りかかる勢いで怒鳴りつけた。

「はい！　すみません！」

甲高い声。強くまぶたを閉じながら、藤間は紺色のスーツに包まれた肩をすぼめ、アンテナのように立つ寝癖のついた頭を下げた。

沙耶花の向かい側で横並びに座る営業の水野、塚本は、その様子を横目で見ながら笑いを堪《こら》えている。

いつもの光景だ。

客を騙すことを勧める坪井も、それを実行する水野、塚本もろくな男ではない。ましてや仕事のできない藤間など論外。ここに職場恋愛などあるはずがない。

二十六歳、恋人のいない沙耶花はため息をついた。

セミロングの黒髪を束ね直すと、スラリと伸びた指先で電卓を叩き始めた。

ただ単調な毎日。白Yシャツにグレーのベスト、黒いスカート。この制服にも、飽き飽きしていた。


そんなある日――。淡々と仕事をこなす沙耶花の隣から情けない声。

「申し訳ありません！　すべて私の責任です――」

あたふたしながら寝癖のついた頭を下げる藤間。電話口からも叱られている。

その声に仕事を中断させられた沙耶花は大きな二重まぶたをしかめながら、丸顔だが痩せている顔の向きは変えず、視線だけを右に移した。

「はい！　すみません！　今すぐ確認します」

キャスターつきの椅子が、勢いよくバックする。藤間は右手で受話器を握りながら、足元に手を伸ばした。事務机に立てかけてある黒いナイロン製の手提げかばん。ファスナーを開けると、乱暴に書類を取り出した。

「すみません！　お待たせしました——」

椅子が元の位置に戻った。相手は電話の向こうだというのに、藤間はまたペコペコ頭を下げている。急激に速まる鼓動。沙耶花は藤間のかばんを見たまま目を見開いていた。はっと我に返った沙耶花。デスクの上に視線を戻した。

……拳銃が入っていた。見間違いではない。はっきりと見えた。腹を見せるように逆さになった拳銃が……。


小刻みに瞬きをしながら、呼吸を整えた。


昼過ぎ。水野、塚本は外回りに出かけ、坪井は契約書の作成に没頭していた。ふと席を立った藤間。坪井の前を通り、ロッカールームの方へ歩き出した。それに気付いた坪井は、整髪料で光沢する短髪頭を上げた。

「おい、トンマ！　お前、またサボりか？」

この職場では、トウマと呼ばれることの方が少なかった。

「いえ、そんな。と、トイレです……」

おどおどしながら、ペンで横線を引いただけのような目、眉をハの字にしながら頭を下げた。

「ちんたらしてねえで、お前もとっとと外行って契約取ってこいや！」

坪井の投げたファイルが、藤間の顔面を捉えた。床に落ちるファイル。書類が散らばった。

「はい！　すみません！」

藤間は大急ぎで書類を拾い集め坪井のデスクに戻すと、トイレに駆け込んだ。

ドアが閉まった。沙耶花は横目で藤間のかばんを見つめ、生唾を飲み込んだ。

あの拳銃が、本物であろうがモデルガンであろうが、藤間が危険人物であることには変わりない。関わらないのが身のためだ。頭では分かっていた。

が、沙耶花は「もう一度、かばんの中が見たい」という衝動を、抑えることができなかった。

横目で坪井を見た。険しい表情で、デスクの上にある書類に何かを記入している。

沙耶花はボールペンを手の甲で払い床に落とすと、探すふりをしながら藤間の椅子を引き、デスクの下に潜《もぐ》り込んだ。

男が用を足すのに一分とかからない。迷っている暇はない。

ファスナーを開けた。クリアケースに入れられた契約書などの書類、ヤングジャンプ。手前に傾ける。

……ない。しかし、確かにこの目で見た。

拳銃でも楽に入りそうな内ポケットを探る。のど飴。来週駅前にオープンするパチンコ店の広告が入ったポケットティッシュ。黒い電子手帳――『凶』の刻印。

……トリガー……。

だとすれば、今拳銃がないことには納得できる。用を足す時でさえ拳銃を放置はしないということだろう。しかし、まさかあのダメ男が——。

ドア越しに、水を流す音が聞こえた。

のどから飛び出そうになる心臓。一気にファスナーを閉めたいところだが、音が聞こえてしまう。

「じゃあ、外回り行ってきます」

坪井の機嫌を窺うような藤間の声。足音が近付いてくる。手の動きを鼓動に邪魔されながら、沙耶花は
ゆっくりとファスナーを閉めていく——。

「何してるんですか？　宮沢さん」

足を止めた藤間は、床に這いつくばっている沙耶花を見下ろし、訊ねた。

「ボ、ボールペン落としちゃって。あっ！　ありました」

ボールペンを藤間に見せつける沙耶花の笑顔は、完全にひきつっていた。

「そうですか」

何の疑問も持っていない様子。間一髪。何とか間に合ったようだ。

「ぐずぐずしてねえで、とっとと行ってこい！　バカ野郎！」

「はい！　すみません！」

坪井の怒声を背中に浴びた藤間は、弾かれたようにかばんを持つとカウンターを回り込み、そそくさと
自動ドアから外へ出ていった。

沙耶花は大きく息を吐きながら椅子に座ると、額の冷や汗を腕で拭《ぬぐ》った。

胸を撫で下ろしたのも束の間、沙耶花の背筋に悪寒が走った。

今は十月。考えてみれば、十ヶ月も自分の隣にトリガーがいたということ……。

沙耶花は、この職場を去るのが懸命だと判断した。


が、翌日には考えがまるで変わっていた。

十ヶ月間トリガーが隣にいたが、自分は撃たれなかった。裏を返せば、今まで通りに接していれば問題はないということ。そして興味が湧いてしまった。藤間という人間に。ここで辞めてしまうのは、欠かさず見ていた連続ドラマの最終回を見逃すようなもの。

沙耶花は普段通りに出勤した。

「おい、トンマ。これ頼むわ」

沙耶花の向かい側に座る水野は、藤間のデスクの上に何十枚という書類を放り投げた。

「え!? またですか?」

藤間は困り顔で、投げられた書類から、日焼けした水野の顔に視線を移した。

「当たり前だろ。こっちはバンバン契約取って、売り上げに貢献してんだからさ。できないお前は、せめてそっちで貢献するしかないだろ?」

水野は笑いながら、髪をかき上げた。

「そ、そんな……。今から外回りに行こうと――」

「藤間さん、これもお願いします」

水野の隣に座る塚本は立ち上がると、藤間の言葉を遮るように、持っていた書類を水野の書類の上に重ねた。

デスクの上、頼まれ物の書類が倍増した。

「ちょっと、塚本君まで」

「契約取れる人間が外行った方が、効率いいじゃないですか」

塚本は無造作へアーを指先でねじりながら、人を食ったような口調で言った。

「まあ、適材適所ってやつだ」

二人は声を上げて笑った。

よく目にしていたはずの光景だが、藤間がトリガーであることを知ってしまっている今、沙耶花には二人の言動が、『暴挙』にしか見えなかった。

藤間の逆鱗に触れれば、死が待っている。

沙耶花の心拍数が上がっていく。

「そんなわけで、我々は外回りに行くとしますか」

「ですね」

二人は手提げかばんを手に取り立ち上がると、藤間の脇を抜け、自動ドアに向かって歩いていく。すれ違い様、水野が嫌味ったらしく、うつむく藤間の肩を二回叩いた。

藤間の右手が、かばんに吸い込まれていく――。

無理もない。取った契約の件数が給与に上乗せされるシステムである以上、今二人がしたこと、今までしてきたことは、藤間から金を奪い取ることに等しい。

沙耶花はきつくまぶたを閉じた。

……が、聞こえたのは銃声ではなく、ため息だった。

恐る恐る目を開ける。

「今月、まだ一件も取れてないのに……」

藤間がかばんから取り出していたのは成績表だった。

「じゃあ、店長、沙耶花ちゃん。行ってきまーす」

調子に乗った水野の声。

「おう、頼むぞ」

ドアを出ていく二人に、坪井が片手を上げた。

沙耶花は無意識に止めていた息を、大きく吐き出した。

単調でつまらない職場は、これ以上ない刺激を与えてくれる修羅場となっていた。


数日後、午後二時。坪井は電話対応。沙耶花は給料明細の作成。そして藤間はこの日も、外回りに出かけた二人に押しつけられた契約書の作成に追われていた。

と、自動ドアが開いた。来店したのは人の良さそうな老夫婦。

「すいません」

七三に分けた白髪頭。鶯《うぐいす》色のカーディガン。木製の杖をついている老人は、少しかすれた声で言った。

「あ、いらっしゃいませ」

いつも通りネクタイの曲がっている藤間は席を立つと、カウンターに向かった。

「あのー、このチラシを見て来たんですが……」

えんじ色のショールを羽織った老婆の、細くやつれた手には折り込み広告。

「あ、ありがとうございます。うちの物件です。あ、どうぞ、おかけ下さい」

藤間はカウンターの向こうにある丸椅子を、手の平を見せるように指した。

「はい」

パーマをかけた白髪頭を下げると、老婆は夫が座るのを補助し始めた。

「ああ、すまないねえ」

「いいえ」

ようやく座り終えると、老人は杖をカウンターに立てかけた。どうやら、足が悪いようだ。

「大丈夫ですか？」

藤間は気遣いながら、二人の向かい側に座った。

「ええ。ご心配なく」

声をそろえ、二人は笑顔で答えた。

「この物件は、まだありますか？」

老人は妻から受け取った広告を、藤間に見せながら訊ねた。

「ええ。まだ売れておりません」

藤間は落ち着きなく、何度も頷きながら答えた。

「よかったねえ」

「ええ」

二人は顔を見合わせ、目を輝かせた。

「これで、盆栽も、ガーデニングもできるねえ」

「ええ」

「実は、庭のある家に住むのが夢でして」

人生まだまだこれから、といわんばかりに二人は楽しげだ。

考えてみれば、水野、塚本のうち、どちらかでも残っていたら、藤間が対応することはなかっただろう。この時ばかりは、契約書の作成を押しつけられたことが、かえって幸運だったようだ。

沙耶花は電卓を叩きながら、左から聞こえてくる三人の会話を、微笑ましく聞いていた。

電話を切った坪井は、カウンターに視線を送りながらニヤリと笑った。

多くの場合のように、勧めて買わせるわけではない。この老夫婦は、初めから買いに来ている客。その気にさせるテクニックなど必要ない。いくらトンマといえど、契約を取ったも同然。あとは物件に案内し、判を押させるだけ。あのことにさえ触れなければいいのだ……。

「是非、見てみたいのですが」

老夫婦の視線が、藤間に集中する。

「……実は、こちらの物件。駅に行くのに、大変急な上り坂がありまして。失礼ですが、お二人には少々過酷かと……」

藤間は苦笑いをしながら、申し訳なさそうに答えた。

「あのバカ……」

坪井は奥歯で怒りを噛み殺した。

老人のあの足では、あの坂を登るのは苦行に近い。駅に行く度、地獄が待っている。藤間の言葉で、沙耶花は急坂のことを思い出した。

「……そうですか……」

老人は自らの足に視線を落とした。

「親切な方でよかったじゃない。買ってからじゃ、手遅れだったわよ？」

老婆は夫を励ますように言った。

「そうだね。……どうもありがとうございました」

「失礼します」

妻が夫をサポートし、二人は立ち上がった。

「こ、こちらこそ、申し訳ありませんでした。また、何かいい物件がありましたらお知らせいたします。すみませんでした」

店を後にする老夫婦に、藤間は深々と寝癖頭を下げた。

自動ドアが閉まると同時に、坪井の怒声が飛ぶ。

「おい！　トンマ！　ちっと奥来いや！」

立ち上がった坪井の頬は、怒りで痙攣している。

「は、はい！　すみません！」

頭を上げ一八〇度踵《きびす》を返した藤間は、坪井が顎で指す方へ急ぎ足で向かった。

トイレの横にあるロッカールーム。坪井に続いて藤間が入っていく。ドアが閉まった。

木製のドア越しに、坪井の怒鳴り声が、沙耶花の耳に飛び込んでくる。

「どんなことしたって買わせりゃ勝ちだって、いつも言ってるよなあ？　それを、ただでさえ何にもできねえてめえが、あんな年寄りの人生心配してる場合か⁉　バカ野郎が——」

沙耶花にとってみれば、坪井のこの行動も『暴挙』でしかなかった。

数分後、ドアが開いた。

鼻息を荒げ、まだ怒りの治まらない様子の坪井は、乱暴に席に着いた。

乱れたYシャツ。鼻血。右目を覆う青たん。後から出てきた藤間は痛みに顔を歪めながら、そっと自分の椅子に座った。

藤間は正しいことをした。むしろ、人として間違っているのは坪井の方。それに加えて暴行——トリガーが引き金を引く条件は整っている。

横目で見ていた沙耶花の心拍数が、一気に上がっていく。

と、藤間の右手が上着の中に入った——。

沙耶花はきつくまぶたを閉じる。

「いたたたた……」

情けない声に目を開けた沙耶花の目に映ったのは、鼻血を拭く藤間の姿。藤間が取り出したのは、クシヤクシャになったハンカチだった。

分からなかった。トリガーであるにもかかわらず、自分を蔑《さげす》みいわれのない業務を強いる同僚や、明らかに人の道に反している坪井のような人間を、なぜ撃たないのか？

「藤間さん、今日飲みに行きませんか？」

危険は伴うが、知りたかった。その理由を。

「え？　あ、はい。僕なんかでよかったら……」

藤間は戸惑いながら、落ち着きなく何度も頷いた。

黒のスウェットパーカー。カーキ色のミニスカート。コンバースのスニーカー。沙耶花が私服に着替えた頃には、午後九時を回っていた。

二人は、営業所を出て信号を渡ったところにある居酒屋に入った。

が、いざトリガーを目の前にすると、ストレートに聞く勇気は失せ、何気ない会話から聞き出そうにも、職場でも大した会話を交わしたことのない相手……。結局核心に触れられぬまま、ただ時間だけが過ぎた。

互いの最終電車の時間に合わせ、店を出た。傘を差すほどではないが、小雨がパラついていた。駅への近道である路地には、シラフの人間の方が少ない。

「本当に、ご馳走になってよかったんですか？」

ほぼ基本給だけしか貰《もら》っていないであろう藤間にとって、八千円はえらく痛手なはず。沙耶花は申し訳なさそうに、並んで歩く藤間に訊ねた。

「え、ええ。一応男ですし、他に使い道もありませんし」

藤間は沙耶花の方へ、小雨で落ち着いてきた寝癖頭をひねりながら、何度も頷いた。

「でも……」

と、藤間の肩と何者かの肩が、激しくぶつかった。相手は中年サラリーマン。部下であろう若いサラリーマンを連れている。

「いてえな！　この野郎！」

中年サラリーマンは振り返ると、よろけた藤間の胸ぐらを掴んだ。

「す、すみません！」

目、眉をハの字にして、頭を下げた。

「謝ってもらっても何にもなんねーよ！　金出せ！　金！」

酒の勢いで、若いサラリーマンが無茶を言った。

「その通り。お前は分かってるなあ」

どちらも呂律《ろれつ》が回っていないことから、かなり飲んでいるようだ。

「そ、そんな。それは勘弁して下さい！」

「何だと？　この野郎！」

中年サラリーマンに突き飛ばされ、あっという間に袋叩きにされる藤間――。

余所見《よそみ》をしていたのは藤間だけではない。にもかかわらず金を要求し、断れば暴力。酔っているからといって、許されることではない。

沙耶花はきつくまぶたを閉じたが、すぐに無意識に薄目を開けていた。

その視線の先。うずくまりながら懐に右手を入れる藤間。出てきた右手が握っているもの——黒光りしている。

「わ、分かりました！　は、払います！」

藤間の声に、沙耶花は目を開けた。

水色のポリバケツの前で跪《ひざまず》き、藤間はナイロン製の黒い財布から、五千円札一枚、千円札二枚を抜き取り差し出した。おそらく、有り金全部であろう。

「最初からそうしろっての。おい、この金でもう一軒行くぞ！」

「はい！　もう今日は、朝まで飲んじゃいましょう！」

二人は肩を組み、上機嫌で去っていった。

「……こんなことなら、もっと高い店に行っとけばよかったですね」

その場に座り込んだ藤間は財布をしまうと、下手な笑顔を作った。

「私、知ってるんです！　あなたがトリガーだってこと」

思わず口をついて出てしまった。もう、我慢ができなかった。

スーツを両手で叩《はた》きながら立ち上がる藤間の動きが、ピタリと止まる。

「……そうですか。知ってたんですか……」

地面に視線を落としたまま、苦笑いを浮かべた。

「なのに、こんな目に遭っても、なんで撃たないんですか!?　そんなんじゃ、トリガーになった意味なんてないじゃないですか！」

もはや怒りに近い感情。沙耶花は藤間に詰め寄った。と、藤間が声を上げて笑った。

「勘違いしないで下さい。僕は、人を殺すためにトリガーになったわけじゃない。この宮城県の人を、誰も殺させないためになったんです。間違った人はたくさんいるけど、殺してもいい人なんて一人もいないんじゃないでしょうか。だから僕には、最初から人を撃つ気なんてありません」

「……」

口を開け、目をパチクリさせる沙耶花。言葉を失った。

「あ、それから、僕がトリガーだってこと、誰にも言わないでくれませんか？　脅して人を変えるのも、人を殺すのも、大した差はないような気がするので」

「……はい」

沙耶花は驚きの表情を浮かべたまま、コクリと頷いた。


翌日——。

「おい、トンマ！　グズグズしてねえで、とっとと外回り行ってこいや！」

「は、はい！　すみません！」

宮城県のトリガーは、相変わらず叱られっぱなしだった。

沙耶花は電卓を叩きながら、そんな藤間を微笑ましく見守っている。

「仕事終わったら、飲みに行きませんか？」

「え？」

「お金のことなら大丈夫です。今日は、私のおごりで」

「い、いいんですか？」

「はい。もちろん」

「あ、ありがとうございます。じゃあ、外回り行ってきます」

「行ってらっしゃい。頑張って下さいね」


二人が恋人同士になって間もなく、藤間は任期を終了した。発砲数〇《ゼロ》。宮城県に、射殺許可法は存在しなかった。

沢田隆則

線路沿いに建つ二階建てのアパートの一室。二〇三号室は、南側に玄関があるため、ろくに日が当たらない。

夜。線路を挟んだ向かい側にある八階建てのマンションの一室を望遠鏡で覗いていた沢田は、舌打ちをしながらすぐ隣の部屋に角度を合わせた。

「くそ！　カーテン閉めやがった！」

風呂なしの六畳。足の踏み場もないほど散らかったこの部屋からは、その白いマンションがよく見える。

一日の時間の使い方といえば、パソコンをするかのぞきをするかのどちらかだ。

エアコンもついていないこの蒸し暑い部屋から沢田が外へ出るのは、週に二、三回、日雇いのアルバイトに行く時くらいである。

「うーん。この部屋は留守かー」

この日も、いつものように夕方目を覚ました沢田は、カップラーメンをすすりながら夜を待った。

部屋に籠る熱気が、脂肪でたるんだ体に発汗を促す。沢田は、黄ばんだTシャツの伸びきった首元を掴み、パタパタと熱気を逃がしながら、目ぼしい部屋を探す。

「なんだ。女がいたのか」

六〇三号室。住んでいるのが会社員の男だということは知っていたが、恋人がいることまでは知らなかった。

「それにしても、なんであんな奴がモテるんだ」

女性経験もなく、自分の魅力のなさに気付いていない沢田は、フケだらけの伸びた髪をかきむしった。

やがてそのカップルは、沢田の期待通りのことを始めた。

「まったく。カーテンぐらい閉めろよ。……まあ、助かるけど」

汗と油で光沢した顔に笑みを浮かべ、星を見たことなど一度もない望遠鏡から目を離さないまま、スウエットのズボンを下ろした。

「あーあ。僕が死んでも誰も気付かないんだろうなぁ」

丸めたティッシュをゴミ箱代わりのダンボールに放り投げると、湿気臭いシミだらけの布団の上に、大の字になった。

虚しさを感じてはいたが、生活を変える気もなかった。

「それにしても、今日はいい部屋を見つけたなぁ。しばらくは楽しませてくれそうだ」

いやらしい笑みを浮かべた。

この日も、沢田の望遠鏡は六〇三号室に向けられていた。

「何だよ。今日は一人かよ」

沢田は舌打ちをすると、ため息混じりにレンズの中の男に言った。

一人で帰宅した男は、グレーのスーツの上着を脱ぐと、部屋の中央に置かれた黒いソファーに放り投げた。

「仕方ない。今日は別の部屋にするか」

望遠鏡の向きをずらし始める。

「！」

男がレンズから消える間際、何かに気付いた沢田は、すぐに望遠鏡の向きを元に戻した。

男は腰に装着していたホルスターをはずすと、ズボンのポケットから電子手帳を取り出した。

沢田は、生唾をゴクリと飲み込んだ。

男はそれらを一度テーブルの上に載せると、ソファーの背もたれを取りはずした。そこに拳銃と手帳を丁寧に立てかけると、背もたれを元に戻し、風呂場へ向かった。

「……あいつ……拳銃持ってるぞ……」

沢田は小さな目を見開いた。

次の日から、沢田ののぞきを行う目的は変わった。六〇三号室専用になった望遠鏡を覗き続けた結果、沢田は確信を得た。

「間違いない。あいつ、千葉のトリガーだ……」

沢田はこれまで、男が一人の日はすぐに望遠鏡の向きを変えていた。そのせいで気付かなかった。おそらく、連れてくる女にもトリガーであることを隠しているのだろう。

「どうする？」

興奮状態の沢田はレンズから目をはずし、自分自身に問いかけた。

「……そうだ！　きっとそうだ！　これは世間に魅力を分かってもらえない可哀想な僕に、神様がチャンスを与えてくれたんだ」


そして沢田は、数日かけて男をカメラで撮影した。男の特徴を充分にフィルムに収めると、県内にある美容外科へと足を運んだ。

まとまった金などあるはずのない沢田は、闇金融数社から多額の金を借りて整形手術を受けた。

「すごいですね。そっくりだ」

手渡された鏡に映る、包帯をはずしたばかりの自分の顔を眺め、沢田は笑みを浮かべた。

彫りも深く、はっきりとした目鼻立ち。まるで別人だ。

「喜んで頂けたようで何よりです」

手術を担当した五十代の外科医は、ベッドの上に座っている沢田に笑顔で言った。

「大事なのは自分の顔に自信が持てることです。きっと、これからの人生が変わりますよ」

外科医は沢田より喜んでいる様子だ。

「ええ。そうなるでしょうね」

沢田は不敵な笑みを浮かべた。


数日後。今から自分が乗り替わろうとしている男のように前髪を整髪料で持ち上げた沢田は、向かいの白いマンションに向かった。

オートロックではあるが、住人が出てくるタイミングに合わせれば、そんなものはあってないようなものだ。

入ってすぐの所にある管理室のドアを開いた。

「六〇三号室の者なんですが……」

事務机で何かを書いていた白髪の管理人は、顔を上げると立ち上がった。

「あー、吉岡さん。どうなさいました?」

当の吉岡なら到底着るはずもない、首元の伸びきったTシャツを身につけていることには何の疑いも持っていないようだ。

「どうやら、鍵をなくしてしまったみたいで……」

沢田は白々しく、カーキ色のカーゴパンツのポケットを探った。

「そうですか。じゃあスペアキーをお渡ししておきます。ただ、物騒なので、早めに鍵を替えてしまった方がいいですね」

管理人は人の良さそうな笑顔を浮かべ、鍵を手渡した。

すんなり鍵を手に入れると、沢田はエレベーターに乗り込み、『6』のボタンを押した。

今、吉岡本人が不在なのは分かっていた。仕事に行っている時間であり、なおかつ、来る前に念のため望遠鏡で覗いたからだ。ぬかりはない。

エレベーターを降りて、六〇三号室の前に着いた。ドアを開け、中に入ると、すぐに鍵をかけた。靴を持ったまま奥へと進む。

間取りは1K。とはいえ、二十畳はあろう広さだ。部屋の中央には二人がけの黒いソファー、その前にはソファーテーブル。ソファーの正面にはプラズマテレビが場所を占め、その隣には全身鏡。テレビとは正反対の白い壁に、側面をぴったりつけたダブルベッド。枕の方向に、クローゼットがある。

「実際来てみると広いなぁ」

底がほとんど磨り減った黒いスニーカーを裏返しに置き、クローゼットの扉を開けた。かけられた服を端に追いやり、スニーカーを持って中に入る。扉を閉め、横向きに座り込んだ。

扉のつなぎ目から、わずかだが部屋の様子が見える。


二時間が過ぎた。鍵穴に鍵を差し込む音が、沢田の眠気、尿意、喉の渇きを吹き飛ばす。

火曜日である今日、女が一緒ではないこと。今自分が息を潜《ひそ》めるクローゼットを開けるのは、早くても風呂を出てからだということ。行動パターンはすべて調査済みではあったが、暑さとは別の原因の汗が、額から吹き出る。

吉岡は普段通り上着をソファーに放り投げると、いつもの場所に拳銃と手帳を隠し、風呂場へ向かった。

その様子を隙間から見ていた沢田は、止めていた息を一気に吐き出すと、用心深くクローゼットから出た。

シャワーの音が聞こえる。ソファーの背もたれを取りはずし、革製のホルスターからベレッタを抜き取った。

拳銃の使い方も調べておいた。沢田はセーフティーロックをはずし、忍び足で風呂場へ向かう。

ドアはすりガラスだが、念のため数歩手前で足を止めた。

深呼吸をした。沢田はドアまで一気に距離をつめると、迅速かつ静かにドアを開けた。

頭を洗っていた吉岡は、背中に感じる空気の変化に、片目をつぶったまま上体をよじった。が、遅かった。

風呂場の構造が、二発の銃声を更に巨大化させた。

脇腹を二発撃たれた吉岡は、ぐらりとバランスを崩すと、頭からバスタブに転がり込んだ。

「さて、ここからだ」

心拍数が正常に戻った沢田は、自分のアパートからキャスターつきのトランクケースを運び込み、そこに吉岡を詰め込むと、再び美容外科へ向かった。

手術室——。沢田を担当した外科医の目の前で、トランクケースが開けられた。

「先生。この死体の顔を、元の僕の顔にして下さい」

手術台に座り両足をブラブラさせながら、沢田は腰のホルスターから抜いたベレッタで、死体を指した。

「あ、あなたなんてことを……」

死体を見つめ、唖然としていた外科医は、ようやく口を開いた。

「わ、私は悪事に加担する気はない」

動揺しながらも眉間にしわを寄せ、沢田を睨みつけた。

「先生。僕はトリガーですよ？　逆らったらどうなるかぐらい分かるでしょう」

沢田は薄笑いを浮かべながら、吉岡がよく着ていた紺色のパーカーのポケットから電子手帳を取り出し、外科医の鼻に触れるほどの距離で見せた。

「……何ということだ……」

外科医はまぶたを閉じると、ゆっくりと首を左右に振りながらうつむいた。


「終わったぞ」

手術開始から今まで、背中に拳銃を突きつけていた沢田に、外科医は無愛想に言った。

「さすが先生。素晴らしい腕だ」

沢田はベレッタを下ろすと、手術台の上に仰向けになる吉岡の顔を覗き込んだ。元の自分の顔そのままだ。

「もう用はないだろう。早く出ていってくれ」

沢田に視線を向けずに、怒りを噛み殺し、ゴム手袋を乱暴にはずした。

「まだ済んでませんよ。このことを知っている人間を消さないと」

嘲《あざけ》るように言いながら、死体の向こうに立つ外科医に銃口を向ける。

「き、貴様。どこまで卑劣な……」

マスクと帽子に隠れてはいるが、その間から見える目が激憤していることを表していた。

手術室に響き渡る爆音。

胸を撃たれた外科医は、医療器具の載った台に背中から倒れ尻餅をつくと、そのままゴロリと横になった。

「貴様とは何だ。僕は、トリガーだぞ」


「これでよし」

弾痕を消すように死体に包丁を突き刺し、アパートのかび臭い布団の上に広げた。

ここまでするのは沢田自身面倒ではあったが、借金の取立てなどから正体がばれるのも面白くない。

遺書を添えると、立ち上がった。

「さようなら。沢田さん」

嫌味な口調で死体に吐き捨て、今日まで住んでいた部屋を後にした。

外へ出ると、空はすっかり明るくなっていた。

沢田は吉岡の部屋に戻り、ソファーの肘掛に頭をのせて寝転がりながら、テーブルに置いたベレッタを眺めて吹き出した。

「完璧だ！　僕はトリガーになったんだ！　何だってできるぞ！」

ソファーから転げ落ちる勢いで笑い転げた。


「あれ？　寝ちゃってたのか……」

気付かぬうちに眠ってしまっていたようだ。沢田は左腕のＧ－ＳＨＯＣＫに目をやった。――『7:02 WED』

「今日は水曜か……」

不敵な笑みを浮かべた。

鍵穴に鍵を差し込む音。ドアが開いた。

「もう帰ってたんだ。今日、仕事早かったんだね」

脱いだハイヒールを揃えながら、吉岡の恋人は明るい声で訊ねた。

「うん。まあね」

黒いソファーに寝転がりながら、いつもレンズ越しに見ていた女の後姿を凝視した。

「あれ？　何か、声変じゃない？」

女は、薄手のコートを背もたれにかけながら、沢田の顔を覗き込んだ。

「ああ。ちょっと風邪気味で……」

沢田は思いついたように喉を触った。

「そうなんだ。じゃあご飯どうする？　風邪だったら外食より、何か作った方がいいよね？」

「どっちでもいいよ。そんなことより……」

むくりと起き上がった沢田は、キッチンに向かおうとする女の細い腕を掴み抱き寄せると、そのままベッドに押し倒した。

「ちょっと、秀雄。風邪なんでしょ？」

女は整った眉をしかめた。

「いいじゃん」

「もう」

困り顔だが笑っている。

「あ、ちょっと待って」

沢田は立ち上がり、窓の前まで歩いた。

この六〇三号室から初めて見る、自分の住んでいた部屋――。

「ちゃんとカーテンは閉めなきゃね。秀雄君……」

笑いながら得意の嫌味な口調でつぶやくと、青いカーテンを閉めた。

すべて思い通りになる。

白いシーツの敷かれたベッドに向き直った沢田は、紺色のパーカーと首元の伸びきったTシャツを脱ぎ捨て、女に近付いていく。

「……あなた……誰？」

沢田から遠ざかるように後退りした女は、怪訝そうな顔で訊ねた。

「な、何を言ってるんだよ。秀雄じゃないか」

「……秀雄は、そんな体じゃない」

「さっき食べたばっかりなんだ」

冷や汗をかきながら笑い飛ばした。筋肉質であった吉岡の体とは対照的に、沢田のそれは脂肪でたるんでいる。

「ねぇ。あなた誰よ！　秀雄はどこにいるの？」

女は茶色のカバーがかかった枕を、頼るように力いっぱい抱きしめている。

「……うるさい！」

少しも信用する気配を見せない女に苛立った沢田は、ソファーの背もたれを乱暴にはずし、ベレッタを取り出した。

「言う通りにしろ！　僕はトリガーだぞ！」

叫びながら銃口を向ける。

「それが何よ！　秀雄をどうしたのよ！」

トリガーであろうが殺人鬼であろうが、女にとっては同じことだった。

恋人が無事ではないことを察し、怒りが恐怖を上回ったか。

脅しが効かないことに気付いた沢田は、作戦を切り替えた。

「もういないよ。僕が吉岡秀雄なんだ。だから諦めて僕と……」

落ち着いた口調に戻し、女ににじり寄る。

並の人間ならこれで『ヤレる』とは到底思わないが、母親以外の女とは数えるほどしか会話をしたことがない沢田は、名案だと信じていた。

「いない奴のことなんて忘れて――」

女の投げた枕が、沢田の顔面に直撃した。

「冗談じゃないわ！　知らない男とヤるぐらいなら、死んだ方がマシよ！　出てって！　今すぐ出てってよ！」

悲鳴に近い声で沢田を責め立てる。

「この僕が下手《したて》に出てやったのに！」

沢田は怒りにまかせて引き金を引いた。

爆音――。頭を撃たれた女は、ベッドの上に仰向けに倒れた。

白いシーツにみるみる広がる鮮血。

「僕の言うことを聞いていれば、死なずに済んだのに。馬鹿な女だ」

沢田は警察に連絡を入れると、彼らがそれを片付けに来る前に、夜の街へ出かけた。

「どの娘《こ》にしようかなー」

ネオンの光で夜とは思えぬほど明るい繁華街。沢田は歩道のガードレールに腰かけ、女を物色している。

「あっ！　あの娘にしよう」

デニムのミニスカートに肩の出た薄手のセーター。その肩にはデパートの紙袋を提げている。どうやら買い物帰りのようだ。

沢田は居酒屋やカラオケ屋の客引きを押しのけ、後ろから女に声をかけた。

「あの、すいません」

女の肩を軽く叩いた。

が、街で声をかけられることなど慣れっこの女は、微塵も反応を示さず、栗色のロングヘアーを揺らしながら駅の方向へ歩いていく。

沢田はすぐに追い越すと、女の前に立ちはだかった。女はやむなく立ち止まった。

「え？」

「僕、こういう者なんですけど」

紺色のパーカーから取り出した電子手帳を、女に見せた。

「『え？』って。トリガーです。この千葉県の」

自慢げに話す沢田に、女は首をかしげていたが、すぐに顔色を変えた。

「え？　私、何か悪いことしました？」

「いいえ。してません。合格したんです。トリガーの彼女になれるんです」

沢田は興奮しながら、笑顔で言った。

「あ、あの。私、帰らないと……」

「何を言ってるんですか！　何で喜ばないんですか！」

予想外の返答に、怒りがこみ上げる。

「あの、すいません。私、帰ります」

女は頭を下げると足早に歩き始めた。が、すぐに腕を掴まれた。

「待てよ。僕に逆らったらどうなるかぐらい分かるだろ？」

沢田は掴んだ腕をそのまま引くと、腰のホルスターに入っている拳銃を触らせた。


泣きじゃくる女をタクシーに乗せ、マンションに向かった。

運転手はカップルの喧嘩とでも思っているのだろう。マスカラと混ざって黒い涙を流す女のことには、あえて触れてこなかった。

マンションの入り口に車を停めた運転手が言った。

「一七八〇円です」

「何言ってるんだ。僕はトリガーだぞ？　金なんて払うもんか」

「ちょっと、困りますよ。お客さん」

振り返った運転手の眉間には、銃口が向けられていた。

「……失礼しました」

「分かればいいんだよ」

タクシーを降りると、まだ泣いている女を連れ、部屋に入った。

「なんだ。もう片付いてる。ご苦労。ご苦労」

ベッドに目をやると、すでに死体はなかった。

上機嫌な沢田とは対照的に、女は目を見開き、肩を震わせた。白いシーツにはっきりと残る血痕――。

その肩に腕を回した沢田は笑みを浮かべ、女の耳元で囁《ささや》いた。

「ああはなりたくないだろ？　あっ、それからこのこと誰かにしゃべっても同じだから」

恐怖に言葉も出ない女を、ベッドに押し倒した。

深夜、女の悲鳴が響き渡った。

その後も沢田は、同様の事件を十数件繰り返した。


「あーあ。もう女も飽きたなぁ。次は何しよう？」

膝を立ててソファーに寝転がる沢田は、人差し指を軸にベレッタをクルクルと回しながら、ため息をついた。


「……あ！　面白いこと考えた！」

翌日――。遊園地の広場に出店した、移動式のアイスクリーム屋の前。

「ねぇ、ママー。アイス買ってよー」

キャップを後ろに被った少年は、母親の腕を掴み、くいくいと引っ張った。

「どれがいいの？」

「やったー！　わーい！　じゃあこれ。チョコ入ってるやつ」

飛び跳ねて喜ぶ少年。店に向き直ると、選んだアイスクリームをウインドウ越しに指差した。

爆音――。アイスに夢中の少年はその音を、遊園地の花火か何かだと思った。

「ねぇこれがいい！　ねぇママー。聞いてるの？」

振り返った少年の目に飛び込んできたのは、地面に倒れる母親と、拳銃を持った紺のパーカーの男の姿だった。

「ママー！」

快晴の空に響き渡る銃声。それに混ざり合う悲鳴、絶叫、うめき声。

沢田は嘲笑しながら『狩り』を楽しんだ。

「僕は無敵だ！　誰も僕を止めることはできない。ほら、早く逃げないと死んじゃうぞ？」

高笑いする沢田を中心に、人々は蜘蛛の子を散らすように逃げ惑った。


国王政府作戦会議室――。U字型の白い机の真ん中に国王。正面には巨大なスクリーン。そこに描かれた日本地図に、GPSにより各都道府県のトリガーの居場所が特定され、青白い光で映し出されている。

椅子に片膝を立て、その上に肘をのせている国王は、鋭い目で千葉県の光を見つめていた。

「千葉のがおかしいな……」

スクリーンの手前に一列に座る数人のオペレーターには、届かないくらいの声で言った。

「はい」

国王の右側に立つ小早川も同感だった。

「本当にあの吉岡が『悪』と判断したのだろうか？」

目線は変えずに問いかけた。

「分かりません。しかし、持ち過ぎた力が、精神力を超えてしまったのかもしれません。永井のように……」

小早川は、白い口髭を摘《つま》むように触りながら答えた。

「私には、そうは思えんがな……。いずれにせよ最悪の場合、原田、お前の出番だ」

国王は左側に立つ、軍事担当の原田に顔を向けた。

「はっ！」

デザート迷彩柄の軍服に、あわや二メートルという巨体を包んだ原田は、真っ黒に日焼けした額に右手を当てて敬礼した。

「しかし、そうならないことを祈ります」

角刈りの頭から、ゆっくりと右手を下げた。

「そうだな」

険しかった国王の表情が、少しだけ緩んだ。

スクリーンに向き直り、紺色の制服を着たオペレーターに指令を出す。

「吉岡から目を離すな」

「了解しました」

ベッドに寝転がる沢田は天井を見つめ、ため息をついた。

「人殺すのも飽きたなぁ。……でも考えてみたら、あと二ヶ月でトリガーじゃなくなるのか……」

しばらく沈黙すると、急に起き上がった。

「金だ！　だったらたくさん金を持っとかなきゃ！」

クローゼットを開け、グレーのスーツを取り出した。


翌日。なんとか腹の脂肪をズボンに収めた沢田は、吉岡の勤めていた会社へ向かった。

オフィス街の中でもひと際目立つ、白い壁よりガラスの面積の方が大きい高層ビル。

沢田は両開きの自動ドアを通り、中へ入った。

「へぇー。エリートだったんだな」

開放感のあるエントランス。塵ひとつ落ちていない鏡のような床。その上を颯爽と歩く、仕事のできそうな社員達。沢田は感心しながら奥へ進む。

「おはようございます」

カウンターの中の受付嬢が、沢田に笑顔を向けた。

「おはよう」

掌を見せるように片手を上げ、通り抜けた。

「悪くないな……」

沢田は薄笑いを浮かべた。

う。

「吉岡君！」

天井の高いエントランスに高い声が響く。背後からの声に、沢田は足を止め振り返った。

中年男が、すっかり髪の薄くなった頭皮に青筋を立て、沢田に詰め寄った。おそらく吉岡の上司であろ

「君は一体何を考えておるんだ！」

「こんなに長く連絡もなく休むなんて、前代未聞だ！」

霧状になった唾液が飛ぶ。

「朝からうるさいなぁ」

人差し指で右耳の穴を塞ぎながら、沢田は冷ややかな視線を向けた。

「な、何だと⁉」

大きな黒縁眼鏡が動くほど目を見開いて怒鳴る吉岡の上司に、沢田は上着のポケットから電子手帳を取り出すと、その視線を遮るように見せた。

「僕はトリガーですよ？　口の利《き》き方には気を付けて下さい」

「あのなぁ、吉岡君。話を逸らすにしても苦しすぎるぞ？」

呆れ顔で諭す上司の腹に、紺のダブルスーツの上から銃口を突きつけた。

「何なら、殺してみましょうか？」

沢田は薄笑いを浮かべた。

「……な、そんな……」

吉岡の上司は腹に押し当てられた拳銃を見つめ、生唾を飲み込んだ。

「丁度よかった。僕を社長室に案内して下さい」


エレベーターに乗り込んだ。吉岡の上司は背中から伝わる鉄の感触に怯えながらカードキーを差し込み、通常では押すことのできない『53』のボタンを押した。

ドアの上で階数を表示するランプの光を夢中で見つめる他の社員達は、一人の男の額から脂汗が流れていることに気付くことはなかった。

二人きりになって間もなく、社長室のある五十三階に着いた。

扉の前には二人の警備員が立っていたが、すぐに死体と化した。

上司、沢田の順で中に入る。

正面奥の木製の机には、窓越しに曇り空とビル街を背負うように座る、社長らしき男。そのとなりに黒のパンツスーツ姿の秘書らしき女が立っている。

部屋の外から聞こえた銃声に、二人とも強張《こわば》った表情をしている。

「金子君、一体何があったんだね？」

社長は、戸惑いながら吉岡の上司に訊ねた。

「社長、申し訳ありま――」

言い切る前に、沢田は金子を秘書の方へ突き飛ばすと、奥の机に片尻を乗せた。

「あなたが社長ですね？」

「そうだが、何が目的だ」

本物の拳銃――。社長の顔から汗が垂れ落ちた。灰色の口髭が震える。

「さすが社長、話が早い。では率直に言いましょう。僕を社長にして下さい。お金が要《い》るんです」

「バカな。そんなこと、できるはずがないだろう。第一、我が社は株式会社だ。社長になったところで、金など手に入らんぞ」

「へー。会社って難しいんですね。じゃあ、どうしたら金が手に入るんです?」

「だから言っているだろう。ここには金はないんだ」

「質問の答えになってませんよ」

沢田が額に銃口を突きつけると、困り顔は一瞬にして凍りついた。

「もう一度だけ聞きます。どうすれば金が手に入るんです?」

沢田は撃鉄を起こした。

「……」

社長は眉間にしわを寄せたまま沈黙している。と、沢田が声を上げて笑った。

「さすが社長、頭が切れる。今あなたを殺してしまうのは、僕にとってもいいことじゃない。素晴らしい読みだ。しかし、そこの二人は別です」

沢田は銃口を秘書に向けた。

「ではこうします。今から一分経つごとに、社員を一人ずつ殺します。脅しじゃないことは、もう分かってますよね?」

秘書はガタガタと震えながら、縋《すが》るような目で社長を見つめる。

「分かった！　撃つな！　……社長である私が、この会社の株の六割を持っている。今から証券会社に連絡を取り、君に譲ろう。だから、撃たないでくれ……」

「なんだ。じゃあ、早くそうして下さい」

沢田は、ベレッタで机に置かれた電話を指した。

「……」

言ったものの、社長は迷いを断ち切れない。と、金子が口を挟んだ。

「社長！　言うことを聞いては駄目です！　そんなことをしたら、社員全員が路頭に迷うことになり――」

金子の大声を、銃声がかき消した。

胸を撃たれた金子は目を見開いたまま床に崩れ落ち、秘書は鼓膜を切り裂くような悲鳴を上げ、その場にへたり込んだ。

「あーあ。もったいない。まだ一分経ってなかったのに」

沢田はうつ伏せに倒れる金子を見下ろし、今度は秘書に銃口を向ける。小ばかにするような口調で続けた。

「じゃあ、今からまた一分数えます」

「分かった！　言う通りにしよう……」

社長は怒りに目を充血させながら、受話器を取った。

数日後、吉岡の部屋――。沢田はソファーに座り、預金通帳を見つめながら薄笑いを浮かべた。

「全部思い通りだ。心から感謝するよ、吉岡秀雄君」

立ち上がり、閉じた通帳をカーゴパンツのポケットにしまうと、大きく伸びをした。

「あー、楽しかった。さて、今日だったよな」

紺のパーカーに黒いリュックサックを背負い、ベージュのキャップを目深《まぶか》に被ると、部屋を後にした。


国王政府作戦会議室――。

「あれは、もはや我々の知る吉岡ではないな……」

国王は、スクリーンに映る千葉県の光を睨みつけた。

「『悪を裁くため』だけにベレッタを使っていても、恨みを買うことは避けられないというのに、このままでは、トリガーでなくなった時、間違いなく――」

「報復を受けるだろうな……」

原田の低い声を、国王が遮った。

「だが、それぐらいのことは奴も分かっていよう」

千葉県のトリガーが次に何をするのか？　それぞれが思考を巡らせ、会議室に静寂が訪れた。

と、その沈黙を、オペレーターの叫び声が打ち破った。

「国王！　吉岡が、東京都に入りました！」

「なぜわざわざベレッタの使えなくなるエリアに入った……？」

国王は不意に目を見開いた。

「高飛びか！」


東京都港区、アメリカ大使館前——。

「吉岡君。君がエリートであってくれたおかげで、すんなりビザを取れたよ。何から何まで、君には感謝しきれないよ」

日の暮れ出した広い歩道で、沢田は薄笑いを浮かべながら、リュックサックにビザをしまった。

「さて、あとは成田に行くだけだ。かといって、タクシーで行くのも面白くない。どうせ僕はいなくなるんだ。残りの弾を全部使ってやろう。人がたくさん乗ってる電車で……」

冷たく乾いた風の中、沢田は笑い声を上げながら駅へ向かった。


京葉線車内——。沢田は左手でつり革を、右手でパーカーのポケットの中のベレッタを握っている。

「成田へは少し遠回りにはなるけど、早く千葉に入った方が長く楽しめるからな。あと三つ先の駅からゲーム開始だ。さーて、何人生き残れるかな？」

笑いを堪《こら》えながら混み合う車内を見渡し、ポケットに手を突っ込んだまま、ベレッタのセーフティーロックをはずした。

国王政府作戦会議室——。

「奴が千葉に戻れば、また無差別殺人ショーが始まるな……」

国王は机に片肘をついたまま、その手で頭をクシャリと掴んだ。険しい表情でしばらく考えた末、顔を上げた。

「やむを得ん。座標C－52、C－55に狙撃班を配備！　吉岡を殺《や》る……」

オペレーターに指示を飛ばす国王に、原田が声を荒げ反論した。

「しかし国王！　今のこの状況で我々政府がトリガーに手を下してしまっては、国王の定めた法律を、自ら否定することになります！　そうなれば間違いなく――」

「失脚だな」

国王はスクリーンを見つめたまま、少し笑った。

「でしたらお考え直し下さい！」

原田が岩のような両手を机に叩きつける。男として国王に惚れ込んでいる原田は、どうしても失脚などしてほしくなかった。

「状況を読み誤るな！　今は保身など考えていてよい局面ではない！」

怒鳴る国王の鋭い眼光が、原田を突き刺した。

「……」

原田が太い眉をしかめ視線を落とすと、小早川が口を挟んだ。

「マスコミにこの件の報道をさせないよう手を打ちます。そうすれば――」

「その提案に私が乗るとでも思うか？」

冷静な口調で話す小早川に、国王は目だけを向けた。

「思いません」

「ならば余計な口出しをするな。原田！　実行しろ」

うつむいていた原田は気持ちを切り替え、机の上に置かれた機材のマイクに顔を近付けた。

「聞こえたか！　狙撃班スタンバイ！　標的は千葉県のトリガー、吉岡秀雄だ。奴を千葉に入れるな！」

「了解」

方々から返事が飛び交う。と同時に、皆慌《あわただ》しく動き始める。

そんな中、国王は正面を向いたまま小早川に問いかけた。

「私は、間違っているか？」

「いいえ」

「ならよい」

国王は微笑んだ。

これが国王の下でする最後の仕事になるだろう。そう誰もが覚悟し、懸命に自分の仕事を全《まっと》うする。

が、その動きをオペレーターの叫び声が止めた。

「お待ち下さい！　東京都のトリガーが、吉岡に急接近しています！」

全員の視線がスクリーンに集中する。千葉に向かう吉岡の光を追うように、もう一つの光は北西の方向から凄まじいスピードでそれに迫っている。

「三上……か」

呟いた国王は、右側に立つ小早川の顔を見つめた。

「……申し訳ございません。出過ぎた真似を……」

小早川は白い口髭を摘《つま》むように触りながら、ばつの悪い表情を浮かべた。

「まあよい。今は、三上に賭けよう……」

ため息交じりに言いながら、スクリーンに視線を戻した。


首都高速湾岸線千葉方面——。派手なエアロパーツを組んだ紫色のスープラが、爆音を響かせ疾走している。

「この辺じゃあ、もう俺より速い奴はいないいな。最速は俺だー！」

ドライバーは慣れた手つきでシフトチェンジをしながら、ドリンクホルダーに載せていたタバコを口にくわえた。

と、後方から微《かす》かに聞こえる虫の羽音のようなエンジン音。次の瞬間それは巨大化し、すぐにまた小さくなった。

スープラの脇を、大排気量のバイクが疾風の如く走り去ったのだ。

「え？　……何だよあれ……」

太腿の上に、ポトリとタバコが落ちた。

一瞬タバコに向いた視線を前方に戻した時には、バイクはすでに視界から消えていた。

唸るエンジン。三上はＶ－ＭＡＸのスロットルを限界まで回した。

——今、我々は手が出せないのです。奴が吉岡《トリガー》でない確証を得られないまま、軍や警察を動かしてしまうと、国王は失脚するでしょう。射殺法を自ら否定することになるからです。しかし、国王の命で動くわけではないトリガーは別です。トリガー個人が『悪』と判断したのなら、誰を殺してもいいのですから。率直に申し上げます。奴を、トリガーとして始末してほしいのです——

フルフェイスのシールドを下ろした。

数分後、京葉線車内——。

「さあ、そろそろゲーム開始だぞ？　次の駅に着く前には、この銃のロックがはずれる。成田に着くまでに、何人殺せるかな」

ポケットの中でまだ赤ランプのベレッタを握る沢田は、不気味な笑みを浮かべながら最初の獲物を選んでいた。

「こいつかな？」

右を向く。髪を束ねたＯＬが、忙しく携帯電話のボタンを押している。

「それとも、こいつかな？」

左を向く。眼鏡をかけた中年サラリーマンが、折り畳んだ新聞を読んでいる。

「やっぱり、あいつにしようかなー？」

また右を向く。黒スーツの男が、片手で拳銃を構えている。

眉間に向けられている銃口——。

「え？」

沢田の顔から、血の気が引いていく。

「お前か？　噂のゲス野郎は」

経験したことのない速さ、強さで鼓動を始める心臓。左手で掴んでいたつり革が、まるで意志を持っているかのように勝手に暴れ出す。初めてリアルに感じる自分の『死』――。

「な、何のことでしょうか？」

シラを切る沢田を、三上は鋭い目で見据える。

おそらくこいつが『奴』。しかし、この野郎が本当にレイプ、恐喝、無差別殺人を犯したのか……。まだ九九％。

「答えろよ」

と――

「人殺しー！」

沢田が賭けに出た。

車両全域に響き渡る叫び声。乗客の注目が二人に集まった。

三上の視線が、一瞬沢田からはずれる。

沢田はその隙をつき、隣に立っていた眼鏡のサラリーマンを、三上めがけて突き飛ばした。

大の男二人を受け止めた床が、鈍い音を立てた。

尻餅をつく三上。その上に覆い被さるサラリーマン。

三上が顔を上げた時には、すでに奴は隣の車両に移り、ドアを閉めたところだった。

「チッ」

すぐに立ち上がり後を追う三上。しかし、乗客を押しのけ必死で逃げる沢田との距離は縮まらない。

どいてもらうか。

三上は天井に向け発砲した。

心臓が縮み上がるほどの爆音に、硬直する者、悲鳴を上げる者、両耳を塞ぎかがみ込む者、とにかく乗客達は動きを止めた。

「道を開けてくれ！」

たった今、実弾をぶっ放した人間に逆らう者などいない。乗客達は弾かれたように、車両の両側に貼りついた。

こりゃいいな。

『コツ』を掴んだ三上は、車両を移る度に、同じ方法をとった。

人ごみをかき分ける沢田。強制的に造った通路を走る三上。みるみる差は縮んでいく――。

そしてついに、最後尾の車両まで奴を追い詰めた。

マガジンを替え、最後のドアを開ける。

爆音。悲鳴。三上の威嚇《いかく》射撃に、動きを止める乗客達。

「全員、車両を移ってくれ」

この車両で奴に発砲することになる。ここの乗客に関しては、道を開けるだけでは駄目だった。

しかし乗客側からすれば、それは簡単なことではない。拳銃を握る男のすぐ横を、通り抜けなければならないのだから。

三上はやむなく、固まってしまった乗客達に言った。

「指示に従わない者は射殺する」

乗客達は、パニックに陥りながらも避難し始めた。

三上は片手でベレッタを構え、自分の両脇を通り過ぎる乗客達の中に奴がいないかどうか、視線を巡らせながら奥へ進む。

薄れていく人ごみ。開けてきた視界。

と、ドンつきまで五メートルほどのところ、三上の足がピタリと止まった。

「……どこまでもゲス野郎だな」

『部外者』が一掃された車内。眉をしかめる三上の目に飛び込んできたのは、信じ難い光景だった。

奥の壁を背にし、赤いランドセルを背負った女子小学生の喉元にカッターナイフをチラつかせながら、その少女を盾にしゃがんでいるゲス野郎——。

「それ以上、近寄るな。もし一歩でも動いたら、この子の首から血がプシューだよ？　それとも、この子ごと僕を撃つかい？」

沢田は薄笑いを浮かべながら、小ばかにしたような口調で言った。リュックサックのサイドポケットに入れっぱなしだった、日雇いのバイトの必需品、カッターナイフが役に立った。

目をつぶり泣いてはいるが、恐怖のあまり声も出ない少女。ただ一定のリズムで、肩を上下させている。

距離は五メートル。

三上にしては珍しく、ベレッタのグリップに左手を添え、両手で構えた。

制服と同じ紺色の、リボンのついた帽子。その奥にわずかに見えるゲス野郎の頭。リアサイト、青く光るフロントサイトが、それを捉えた。

引き金を絞り込むように、人差し指に力を加えていく。

が、電車の揺れで狙いがずれる。指をはずした。

再び合わせる。慎重に指をかけた。

が、ずれる。

また合わせる。

ずれる。

そして——


ゲス野郎の頭に向くベレッタのフロントサイト。ランプが、赤に変わった。ロックされる引き金——。

……県境を越えたようだ。

三上はベレッタを、ゆっくりと下ろした。

三人だけの車内に、沢田の高笑いがこだまする。

「これで、立場逆転だね。バカだなぁ。さっさと撃たないからだよ。この子ごと撃っちゃえばよかったのに」

沢田は笑いながら立ち上がると、用済みになった少女を突き飛ばした。

少女はお下げ髪を揺らしながら三上に駆け寄ると、左足に縋《すが》りついた。

「よく頑張った。早く隣の車両に行くんだ」

三上の左手が、泣きべそをかく少女の頭を撫でた。

「ほら、もうひと踏ん張り」

少女の頭をポンと叩いた。

「う、うん……」

少女は嗚咽に邪魔されながらも大きく首を縦に振ると、隣の車両に向かって懸命に走っていった。

その姿を横目で見送る。

と、癇《かん》に障る嘲笑。視線を前方に戻した。

「子供の心配なんかしてる場合かい？　言っとくけど、お前が助けたんじゃない。僕が殺そうと思えば、いつでもできたんだから。じゃあ、なぜ逃がしたと思う？　このゲームの最初の獲物を、東京のトリガーにしたかったからさ」

床に放り投げられたカッターナイフ。沢田は腹のポケットから、ようやく青ランプになったベレッタを抜くと、立ち尽くす三上に一歩ずつ近付いていく。

「あっ、そうだ。死ぬ前にもっと悔しがらせてあげるよ。僕、沢田っていうんだ。千葉のトリガーだった吉岡って奴、とっくに死んだよ。今頃、僕のアパートで腐ってるんじゃないかな？」

沢田は嫌味ったらしく、正面をボーっと見つめる三上の目の前を、うろうろ歩き回っている。

「間抜けな奴らめ。まあ、吉岡も、警察も、政府も、おまけにお前も、みんな間抜けだったおかげで、僕は楽しく過ごさせてもらったよ」

大笑いしながら、沢田は三上の正面で立ち止まった。

向かい合う、二人のトリガー。

「さぁ、おしゃべりはここまでだ。この僕を少しでも驚かせた罪を、命で償ってもらうよ？」

お得意の、人の神経を逆撫でするような口調。沢田は、自分に焦点を合わせない東京都のトリガーの眉間に、銃口を突きつけた。

「……」

ピクリとも動かない三上。

「さようなら……間抜け君」

『貸切』になった車両に、重く低い爆音が鳴り響いた。


国王政府作戦会議室――。

「三上が……エリアを越えました……」

オペレーターが、ゆっくりとインカムをはずした。

「クソ！」

国王は、表面がへこむほどの力で机を殴りつけた。

「三上には……悪いことをしてしまいました……」

小早川は強くまぶたを閉じながら、肩を落とした。

「……では……総員に射撃許可を出します……」

原田は、低い声のトーンをさらに下げ、マイクに顔を近付けた。


京葉線、最後尾車両――。

鈍い音を立てて床に落ちるベレッタ。その上に滴り落ちる鮮血……。

が、血を流しているのは三上の頭ではなく、沢田の右腕だった。

「な、なんで撃てる……」

痛みより驚きが上回った沢田は、目を見開いた。

「刑事だからな」

目の前で間抜け面をさらす沢田に、三上は少し口角を上げた。

――僕、沢田っていうんだ。千葉のトリガーだった吉岡って奴、とっくに死んだよ――

『吉岡でない確証《トリガー》』を得たことにより、刑事として動けるようになった三上は、沢田が引き金に指をかける直前、腰のホルスターに差していたコルトパイソンを左手で抜き、至近距離でベレッタを構える沢田の右腕に下から銃口を当て、発砲したのだった。弾丸は沢田の肘の骨を砕き、天井にめり込んだ。

コルトパイソン――コルト社製リボルバー。357マグナム弾を発射する。現在三上が握っているのは、黒の四インチモデル。

「やっぱりマグナムは音が違うな」

まだ銃口から煙を吐くコルトパイソン。それを眺め子供のような笑みを浮かべると、腰のホルスターに戻し、右手に握っていたベレッタを、胸のホルスターに戻した。

電車が減速を始める。

三上はズボンのポケットから、携帯電話を取り出した。

「犯人確保。一台回してくれ。場所は――」

涼しい顔で淡々と話す三上の横顔を見ながら、ようやく状況を理解した沢田。右腕以外の体を震わせ、喉が潰れるほどの声で叫んだ。

「お、お、おのれーーーーー！」

ゴン……と鈍い音。

「うるせーな。今しゃべってんだろ」

強烈なジャブを顎にもらった沢田は、白目を剥《む》き床に崩れ落ちた。

と、車両を繋ぐドアが開いた。ランドセルを背負った少女が、落ちた帽子には目もくれず、三上に駆け寄った。

国王政府作戦会議室――。

「三上が、やってくれました！」

携帯電話を切ったばかりの小早川は、普段の冷静さが嘘のように興奮しながら声を上げた。

拍手。口笛。奇声。雄叫び。会議室内に、笑顔が戻った。

険しかった国王の表情が、みるみる解けていく。

「……礼を言わねばなるまい」

机に視線を落としていた国王は顔を上げると、スクリーンに映る三上の光を見ながら微笑んだ。

「きっと、喜ぶでしょう！」

原田は、国王を見つめながら暑苦しい口調で言うと、不必要に何度も頷いている。

冷静さを取り戻した小早川は、三上の姿を思い浮かべた。

国王に頭を下げられ、喜ぶだろうか？　権力など屁とも思っていないあの男が……。

――トリガーにしてくれたことには感謝してるが、別にあんたらがどうなろうが、はっきり言って知ったこっちゃない。ただ、話を聞いてるだけで腹が立つそのゲス野郎を、一度拝んでみたいだけさ――

まったく、誰かによく似ている……。

小早川は国王の横顔を見つめ、微笑んだ。

――国賊と言われようが、そんなことは知ったこっちゃない。ただ、見てるだけで虫唾が走るあの外道を、生かしちゃおけないだけさ――

「小早川」

国王の声に、小早川は思考を止めた。

「礼を言わねばならないのは、お前にもだ」

子供のような笑顔が向けられていた。

「いえ、私は何も……」

白い口髭を摘《つま》むように触った。

屋根にパトランプを載せた銀色のローレル。沢田の身柄を引き渡すため、渋滞の和《やわ》らいできた二車線の道路を、千葉県警に向かい走っている。

「まったく。あんまり無茶しないで下さいよ」

三上の部下である西村はハンドルを握りながら、助手席の背もたれを大きく倒し涼しい顔で頭の後ろで両手を組んでいる三上に、ため息混じりに言った。

西村――三上がトリガーになってからも、署内で唯一接し方が変わらなかった男。その図太い神経から、規律違反など屁とも思わぬ三上の『歯止め』として相棒にさせられた。

「……」

「下手すりゃ殺されてましたよ？」

サイズの合っていない紺のシングルスーツを着た西村は、その少し余った袖を片手で引きながら、横目で三上を見た。

「こいつが自白しようがしまいが、どっちにしろ殺される前には撃ってたよ」

三上は足を組み替えた。

と、後部座席から癇《かん》に障るせせら笑い。

後ろ手にかけられた手錠。放置された右腕の風穴。顔中を埋め尽くす殴打された跡。その上には数え切れないほどの子供の引っかき傷――。

そんな状態になっても、沢田の口は止まらなかった。

「まんまと僕を出し抜いたつもりかも知れないけど、刑事の銃じゃ僕を殺せなかったみたいだね。丁度よかったよ。刑務所に入れれば、とりあえずは復讐されなくて済むしね」

沢田は人の神経を逆撫でするような口調で言うと、またせせら笑った。

「気持ち悪い奴ですね」

ルームミラーに映る沢田に目をやった西村は、実際より五歳は若く見られる顔をしかめた。

「西村、左曲がれ」

三上は前を向いたまま言った。

「え？」

上司に小言を言われぬよう、やむなくセットしている西村の頭が、ヘッドレストから離れた。

「近道なんだよ」

普段通りの涼しい顔。

西村はオメガの偽物をはめた腕を回し、ハンドルを切った。

「……はい」

左折すると、道路は一車線になった。

「でも、三上さんて道詳しかったですっけ？」

しばらく車を走らせた西村は、腑に落ちない表情で訊ねた。

「ん？　全然」

三上は不敵な笑みを浮かべた。

「まさか！」

西村が三上の意図を察した時には手遅れだった。

胸のホルスターに納められている三上のベレッタ。フロントサイトの赤ランプが、青に変わった。

連なる後続車。バックはできない。かといって、停車しても意味はない。

西村は慌てふためきながら、仕方なくそのまま車を走らせる。

三上はむくりと起き上がり、胸のホルスターからベレッタを抜くと、何かを企むような笑みを浮かべた。

「み、三上さん。だめですよ」

生唾を飲む西村。三上を刺激しないよう意識的に声を抑えながら、必死でなだめる。

完璧に聞き流す三上。右に体をよじると、沢田の顔面に照準を合わせた。

「お、お前それでも刑事か！」

沢田が腫れ上がった目を見開き叫ぶ。

「そうだよ？」

氷のような視線に、沢田の背筋に悪寒が走り、表情は凍りついた。

「だ、だめです！　三上さん！」

前方と三上を交互に忙しく見ながら、西村が叫ぶ。

「う、撃つな……」

「だめです！　ちょっと三上さん！」

「助けて下さい……お願いです……」

「三上さん！」

「やめてくだ――」

爆音――。

跳ね上がった薬莢が天井に当たり、床に落ちた。

沢田の左目に着弾した弾丸が、鮮血と脳みそを引き連れ、リアガラスに突き刺さっていた。

沢田は口を開けたまま、シートに血で弧を描きながら、ゴロリと横に倒れた。

「あー、もう。またやっちゃったよー」

西村は呆れながら、ため息を吐いた。

「何言ってんだよ。悪いのはこいつじゃねえかよ」

三上は悪びれる様子もなく、また元の体勢に戻った。

「殺しちゃうんなら、僕来た意味ないじゃないですかー」

口の開いた風船から、空気が抜けていくような口調。

脱力感でいっぱいの西村は、渋々運転を続ける。と、目の前に三上の手が差し出された。

「西村、タバコくれ」

「え⁉　だってこの前、『タバコ吸ってる奴は負け犬だ』って言ってたじゃないですか！」

一気に背筋を伸ばした西村は、目を剥《む》き、自らの発言を簡単に覆した男を非難した。

「うるせーな。殺すぞ」

ジロリと睨まれた。

「いや、ほんとに殺せる人が言っちゃまずいでしょー」

また風船から空気が抜けた。

西村は口を尖らせながら、胸ポケットからマルボロと大切に使っているジッポライターを片手で取り出すと、横にいる鬼のような男の手の平に載せた。

心地良い金属音。

三上はからかうように笑いながら、マルボロに火を点けた。


この事件後、二度と同じ惨劇が起こらないようベレッタの引き金には指紋認証システムが搭載され、トリガー本人でないと発砲が不可能になった。

「別人だったとはいえ、トリガーの銃で……。私がこの手で殺《あや》めたも同然……」

国王は自らの利《き》き腕を切り落とした。

少しでも、楽になりたかった。

村川哲男

優に二十畳を越える広いリビング。キッチンと背中合わせに置かれた木製のダイニングテーブルの上には、大きな具がゴロゴロ入ったクリームシチューが湯気を立てている。

村川はそれを食べながら、向かい側に座る娘の弘美に訊ねた。

「今日、学校どうだった？」

湯気で曇った銀縁眼鏡越しに、スウェット姿の弘美を見つめる。

「普通……」

高校一年生の弘美は同じくシチューを食べながら、父親譲りの大きな目を合わせずに答えた。

「そうか」

村川は、増えた白髪で灰色になった七三分けをポリポリと掻くと、Yシャツの袖を捲り直し、またシチューを食べ始めた。

「……何か最近変わったことはぁ――」

「ごちそうさま」

弘美は肩ほどの長さの黒髪を束ねていたゴムをはずすと、食べ終わった皿をキッチンカウンターに置いた。

「あら、もういいの？　おかわりあるわよ」

ひと足早く食べ終わり洗い物をしていた妻の恵子は、出していた水を一度止めると、皿を受け取った。

「うん。平気」

椅子を元の位置に戻すと、弘美は村川の脇を通り、自分の部屋のある二階へ向かった。

その様子を見送った村川は、グラスに半分ほど残っているビールを飲み干した。

「ごちそうさま」

きれいに食べ切った皿を、カウンターに置いた。

「おかわりは？」

恵子は、茶色に染めているショートヘアーに飛んだ水滴を、手の甲で拭いながら訊ねた。

自分の腹に目をやる村川。

「……やめとくよ」

苦笑いを浮かべ、グラスもカウンターに置いた。

「そう」

恵子は追加された皿を洗い始めた。

村川はキッチンに回り込み、恵子の後ろを横歩きで通り抜けると、換気扇の『強』のボタンを押した。ソフトケースから取り出したマイルドセブンに火を点けると、すべての煙が吸い込まれるよう、顎を上げて煙を吐き出す。

ようやく終わった洗い物の音と入れ替わるように、笑い声とマフラーを改造した二台のスクーターの排気音がこだました。

「徹ったら。近所迷惑だから、もっと手前でエンジン切るように言ってるのに」

細い眉をしかめ、恵子はエプロンで手を拭きながら、玄関の方向に振り返った。

すぐにエンジン音は止んだが、こげ茶色のドアが乱暴に開かれると、笑い声のボリュームが上がった。

入ってきたのは三人。一人は村川の息子である徹。耳の上に稲妻型のラインを入れた坊主頭にキャップをのせ、ダウンジャケットを浅く羽織っている。二人目。上下ジャージ姿の金髪の少女。ガムを噛んでいる。そして、ドレッドヘアーの大柄な少年。少年ジャンプを小脇に抱えている。

三人はそのまま、玄関を入ってすぐの階段を上り始めた。

追いかけるように急ぎ足で廊下を歩く恵子。階段の起点から徹を見上げた。

「徹、ご飯は？」

あえてエンジン音については触れなかった。

「食ったからいいや」

徹は無愛想に、振り返りもせずに答えた。

「あっ、おじゃましまーす」

恵子の声に振り返った金髪の少女は、悪びれた様子も見せず、明るい声で言った。

少女の挨拶に釣られ、大柄の少年は顔を押し出すように会釈をした。

「……こんばんは」

呆れ顔で三人を見送ると、恵子はため息をつき、キッチンへと戻った。

「父親なんだから、あなたからビシッと言ってやってよ」

非難の声が、強い口調で村川の横顔に浴びせられる。

「まあいいじゃないか。誰にだって、そういう時期があるもんだ」

恵子の顔は見ないまま、換気扇めがけて煙を吐き出す。

「あなたがそんな調子だから、徹があんな風になっちゃったのよ。……これじゃすっかり不良の溜り場じゃない」

「注意されれば、かえってそれに反発したくなるものだよ」

村川はガラスの灰皿で、タバコの火を揉み消しながら言った。

「さて、風呂でも入るか」

逃げるようにキッチンを後にした。

残された恵子は、深いため息をつきながらエプロンをはずした。

時がたてば自分で気付くだろう。そんな息子の成長を見ていくのも、これからの楽しみだ。村川はそんなことを思いながら、湯舟に浸かっていた。

三日後、徹は死亡した。警察の報告によれば、コンビニエンスストア横の路地で、トリガーに射殺されたとのことだ。

通夜は自宅で行われた。リビングの奥に置かれた棺桶で静かに眠る、もう成長することのなくなった息子。その息子に泣きじゃくりながらしがみつき、決して離れようとしない恵子。そんな母の横で、涙も出ずただ呆然と座り、兄の死を受け入れることのできない弘美。ハンカチで目を覆い、すすり泣く徹の友人達。

徹の風穴の開いた頭側に座る村川は、そんな部屋の様子を、ひとりでに溢れる涙に視界を邪魔されながら眺めていた。

その中に、よく家に遊びに来ていた二人の姿もあった。しかしその姿は、つい三日前とは大きく変わっていた。とても不良とは思えぬ風貌――。

村川には、それが『通夜だから』という理由だけでは片付けられなかった。まるで、心を殺されたかのようなうつろな目。現場に居合わせた二人は、相当な恐怖を植えつけられたのだろう。

徹が悪さをしたのは確かだ。しかし、だからといって、命まで奪う権利が一体誰にあるというのだろうか……。

溢れる涙に拍車がかかった。


二日後の昼過ぎ。白い壁際に置かれた三七インチのテレビの前の、白いくたびれた革のソファーに座る村川は、がっくりと肩を落とし、うつむいていた。

恵子は夫婦の寝室である一階の和室で寝込み、弘美は自分の部屋に籠ったきり出てこない。村川家は静寂に包まれていた。

「……一体、誰がこんなことを……」

グレーのパジャマごと、両膝を握り締めた。


新宿警察署――。取調べ室がずらりと並んだ廊下。制服を着た若い警察官が、壁を背にして立っている。

入り口から足早に入ってきた黒スーツの男が、目の前で立ち止まった。

「三上さん、お疲れ様です」

警察官は敬礼をした。

「ああ。さっき無差別殺人で捕まった通り魔の取り調べってどこでやってる?」

三上は涼しい顔で訊ねた。

「はい。3番の部屋です」

「ありがとう」

言いながら、三上はすでに歩き始めていた。

警察官はその後姿を左に見送る。

「あの! 三上さん来ませんでした⁉」

背後からの声に警察官は振り返った。汗だくの西村が息を切らしている。

「はい。たった今、取り調べ室3に――」

「なんで止めなかったんですか!」

敬礼する警察官の声を、西村の怒鳴り声が遮った。

状況が掴めずキョトンとする警察官の脇を抜け、西村は全力疾走で取り調べ室3に向かった。

尋常ではない焦り方に、警察官は西村の後姿を目で追う。

西村がドアノブに手をかけた瞬間――。廊下中に爆音が響き渡った。

「あー、もう。またやっちゃたよー」

西村は目を閉じながら、口の開いた風船から空気が抜けるような口調で言った。

ドアが開いた。何事もなかったかのような顔で、胸のホルスターにベレッタをしまいながら出てきた三上は、そのまま廊下を歩き始めた。

「なんで殺しちゃうんですかー」

西村は三上の背中に、非難の声を浴びせる。

「あんな奴が呼吸してる方がおかしいだろ」

答えながら歩き続ける。

「いや、だからって――」

呆れながらも、三上の後についていく。

「そんなことより、頼んだぞ……始末書」

三上は企むような笑みを浮かべた。

「出たよ。最悪のパターン」

腑に落ちないが逆らえない。許されるのは愚痴まで。

二人は警察官の前を通り過ぎ、階段を上っていく。

警察官は、自分の目の前を通り過ぎる間中ずっと向けられていた、西村の恨みに満ちた目が忘れられなかった。

「……なんか、すいませんでした……」

西村の背中に頭を下げた。

ドアが開いたままの取り調べ室3から、ベテラン刑事の深いため息が廊下に漏れた。


「悪魔め……」

握り締めた膝をゆっくりと離した村川は、ソファーから重い腰を上げ、キッチンへ向かった。

数分後。静かな村川家に、電子レンジのタイマー音が響き渡った。

二枚のチェック柄のトレーの上には、それぞれ、冷凍食品のコロッケ二個。インスタントのコーンスープ一杯。

そのうちの一枚を持ち、スープがこぼれないよう用心しながら二階へ向かった。

上って奥の、弘美の部屋のドアをノックする。

「ご飯、食べないか?」

普段通りの話し方を心がけた。

「い、いらない……」

ようやく兄の死を実感したのか、弘美は泣いているようだ。

「でも、食べないと体壊すぞ？」

「いらないって言ってるでしょ！」

喉を潰すような叫び声。

「……じゃあ、もし気が向いたら食べるんだよ……」

トレーをそっと床に置いた。

キッチンに戻った。まだ湯気が立っているスープの載ったトレーを持ち、一階の和室へ向かった。

両手で持っていたトレーに下から片膝を当て、バランスをとりながら片手を離し、襖を開けた。

恵子は村川に背を向け、頬まで布団をかけて寝ている。

「ご飯、食べないか？」

普段と変わらぬ自分を演じた。

……返事はない。

「じゃあ、ここに置いておくから……」

眠りを妨げないよう、声を抑えて言った。

布団のそばにトレーを置き、廊下に向き直った。

「あなたが殺したようなものよ」

眠っていたはずの恵子が呟いた。

恵子にしてみれば八つ当たりだったが、その言葉は、背後から村川の心を突き刺した。

苦悶の表情を浮かべる村川。部屋を出ると、そっと襖を閉めた。

力なくソファーに座った。

――あなたが殺したようなものよ――

そう、その通りだ。すべて自分のせいだ。


十年前――。まだ白髪などなかった村川は、仕事を終え夜十時に帰宅した。

疲れ果てた体を、真っ白い新品のソファーが受け止める。

「おつかれさま」

労《ねぎら》いの言葉をかけた恵子は、スーツの上着と茶色の手提げかばんを受け取った。

「今、ご飯温め直すから待ってて」

ダイニングセットの椅子にそれらを置くと、恵子はパタパタとスリッパの踵《かかと》を鳴らし、キッチンに入っていった。

父の日に徹からもらった、紺にグレーのラインが入ったネクタイ。村川はそれを、嬉しそうに緩めた。

「おかえり。お父さん」

声を聞く前に、階段を下りてきたのが徹だということは、足音で分かっていた。

「ただいま」

浅く座り直した村川は、正面に現れたスポーツ刈りを撫でた。

「もう寝てないといけない時間じゃないか。明日、学校だろ？」

「帰ってくるの待ってたんだよ」

徹は村川の隣にピョンと飛び乗った。

「そうか」

叱らなければと思いつつも、微笑んでしまう。

「あのさ。僕、今度の運動会で、クラスのアンカーをやることになったんだ」

得意気な笑顔。

「そうか！　すごいじゃないか！」

体から疲れが吹き飛んだ村川は、徹の細い肩を掴んだ。

「うん。でさぁ、もしうちのクラスが一番になったらさぁ……」

「ラジコンだろ？」

村川には分かっていた。

「やったー！　約束だよ！　お父さんに、オレのスピードを見せてあげるよ」

徹は無邪気な笑顔を浮かべながら、ソファーの上で飛び跳ねた。

「ああ。ビデオカメラ持って見に行くよ」

ソファーの上で暴れてはいけない、とは言えなかった。

「うん。じゃあ、おやすみー」

さすがアンカーに選ばれて然《しか》るべき速さで、自分の部屋へ戻っていった。

「まったく、甘いんだから……」

恵子は微笑みながら、ダイニングテーブルに皿を並べた。

運動会当日、村川はゴルフ場にいた。上司の命令。抜けることは許されなかった。

接待ゴルフを終えた村川は、白いポロシャツにベージュのスラックス姿のまま、おもちゃ屋を巡った。

徹のクラスが一番になったこと、それが徹の活躍によるものだということは、恵子との電話で知っていた。

黒いスポーツカー。子供にもこだわりがある。いや、子供だからこそこだわりがある。色、デザイン、少しでも違っていては意味がない。

約束のラジコンを、三軒目でようやく手に入れた。

家族でゆったり乗れるようにと買った黒いワゴン車を、家の前の駐車スペースにバックで停めた。

ゴルフクラブはそのままに、ラジコンのイラストが大きく描かれた箱を片手に抱え、玄関のドアを開けた。

「おかえりー」

キッチンから恵子、リビングから弘美の声。

「徹は？」

靴を脱ぎながら訊ねる。

「自分の部屋にいるわよ」

恵子はエプロンで手を拭きながら、廊下に顔だけを出した。

「そうか」

村川は二階の方向を見てニヤリと笑うと、階段を上った。

上ってすぐの、徹の部屋の前。木製の白いドアをノックすると、村川はすぐさま、体で箱を隠すように持ち替えた。

取っ手が下がり、ドアが開いた。

「これ、約束のラジコンだ」

隠していた箱を一気に見せた。

が、徹は表情を曇らせたまま、村川に目を合わせない。

「母さんから聞いたぞ。よく頑張ったな」

誇らしい息子の視線に合わせ、しゃがみこんで言った。

「……うん」

徹は目を逸らしたまま、両手で箱を受け取った。

「もう、ねるよ……」

力ない声。

「おお、そうか……」

ドアが静かに閉められた。

村川が、そのラジコンで遊ぶ徹の姿を見ることはなかった。

今になれば分かる。徹はラジコンが欲しかったわけではない。自分の勇姿を、父に見て欲しかったのだ。あの時だけじゃない。きっと気付かぬうちに、自分は同じようなことを積み重ねてきたのだろう。仕事を優先することが家族のため。どうやら、大間違いだったようだ。

村川は、息子を殺した男と同等に、自らをも呪った。

和室から、もう五年履いている色の薄いジーンズと、Vネックの茶色いセーターを静かに取ってくると、リビングで着替えた。

玄関を出た。春とはいえ、日が暮れた外の空気は冷たい。

村川は身震いしたが、上着を取りには戻らず、住宅街の広い歩道を歩き始めた。

前方から、三十代の男とキャップを後ろに回した少年。キャッチボールの帰りであろう。それぞれ左手に、グローブをしている。

「お父さん、今度カーブ教えてよ」

「はは。まだ早いよ」

すれ違い様に聞こえてきた楽しげな会話が、村川の心をえぐった。


コンビニエンスストア横の路地。徹が殺された現場。しばらく立ちつくしていた村川は、徹が命を失った時の体勢をとった。

地面に大の字になる中年男に、行き交う通行人が驚きの目や冷ややかな目を向けたが、そんなことはどうでもよかった。

「徹、愚かな父を許してくれ……」

溢れ出た涙が目尻のしわを伝い、冷たく固いアスファルトにしみを作った。

五日後。村川は会社に、弘美は学校に通い出し、恵子は和室から出るようになった。

しかし、交わす会話は必要最低限。各々が各々に、腫れ物に触るように接することしかできず、家庭内はギクシャクしていた。

先日の暴言について恵子は村川に謝罪をしたが、状況が変わることもなく、三人とも打開策を見つけられないまま、一ヶ月が過ぎた。


夜八時。会社から帰宅した村川は、いつも通りリビングに足を踏み入れた。

ダイニングテーブルに横並びに座っている恵子、弘美。共に深刻な表情でうつむいている。

「どうした？　二人とも」

村川は椅子を引き、そこに茶色の手提げかばんと上着を置くと、恵子の向かい側に座った。

十五秒ほどの沈黙。しかし村川にはそれが、一時間にも二時間にも感じられた。

その沈黙を破ったのは、弘美だった。

「ねぇ、お父さん。引越ししない？」

珍しく村川の目を見て言った。

「なんでだ？」

「だって、ここにいるとお兄ちゃんのこと思い出して悲しい気持ちになるし、第一、お兄ちゃんのこと撃った奴がうろうろしてるんだよ？　だから」

あえて明るく話すことが、弘美なりの優しさだった。

「それはできない。そんな、逃げるような、徹を一人置いていくような真似はできない」

村川は今まで見せたことのない鋭い目で、真っ直ぐに弘美を見据えた。

「じゃあ、お父さんはこのままでいいの⁉」

「そうは言ってない――」

「そう言うと思った……」

恵子がようやく顔を上げた。

見合っていた二人の顔が恵子に向く。

「あなたが反対することは分かってた。でもね、問題は……本当の問題はそこじゃないの。徹が殺されたのはあなたのせいじゃない。そんなことは分かってるの……」

言葉を詰まらせた恵子の、痩せてしまった頬に涙が流れた。

「でも、一緒にいると、分かってるのに、頭では分かってるのに、どうしてもあなたを恨んでしまうの……」

恵子は両手で顔を覆い、泣き崩れた。

怒りなど感じなかった。むしろ、充分に理解できた。

「お母さん……」

弘美は心配そうな表情で恵子を見つめる。

「だからきっと、家を替えることに納得してくれたとしても、何も変わらない……」

恵子は、一度大きく息を吐き呼吸を整えると、気を取り直し、足元に置いていた黒い革製のバッグから、判子と一枚の紙を取り出し、テーブルの上にそっと置いた。

「ごめんなさい……ごめんなさい。でもこうする以外に、どうすればいいのか分からなくて……」

嗚咽でうまくしゃべることのできない口を押さえる恵子。村川の顔を見ることはできなかった。

目の前に広げられた、『夫婦』を『他人』に戻す紙――。

どうすればいいのか。そんなことは自分にだって分かりはしない。しかし、唯ひとついえるのは、そうした方が、妻にとって、そして娘にとって、今よりはマシだということ……。

「今までありがとう」

村川は躊躇《ためら》うことなく判を押した。

恵子と弘美は大声を上げて泣いた。


翌日。帰宅した村川はドアの前で立ち止まった。この時ようやく、一人になったことを実感した。いつも外まで漏れていた恵子と弘美の声、明かり、二階から聞こえる徹たちの奇声。それらがどんなに自分の心を温めてくれていたことだろう。

村川は上着のポケットから鍵を取り出し、ドアを開けた。

広がる暗闇――。

靴を脱ぎ、かばんを置くと、一階のすべての電気を点けた。そうしないと、どうにかなってしまいそうだった。

キッチンに戻り、冷蔵庫を開けた。飲みかけの牛乳の隣にある三五〇ミリリットルの発泡酒を手に取り、短い爪でタブを上げる。少し溢れる泡を口で受け止めながら、上を向いた。乾いた喉を通り抜ける発泡酒が、村川の大きな喉仏を上下させる。

「あー」

孤独をかき消すように、吐く息に大きな声を混ぜた。

キッチンカウンターの上の写真立てが目に留まる。

家族四人で行った伊豆旅行の、浜辺での一枚――。

恵子に抱かれスコップを持った弘美、シュノーケルをつけたままの徹、徹の肩に手を置く自分。体勢はそれぞれだが、笑顔は共通している。

「弘美には少し早かったかもしれないが、徹はえらく喜んでいたっけ。本当なら海沿いのホテルがよかったけど、金がなかったから山の中の安いペンションにしか泊まらせてやれなくて……。夜は狭い風呂に四人で入ったなぁ」

目尻にしわを寄せ、微笑んだ。

「そういや徹のやつ『カニのレースだ』って、廊下に捕まえた蟹全部放しちゃって。注意されるかと思ったけど、あのペンションの仲の良い老夫婦も、一緒になって遊んでくれたっけ……。えらく懐いちゃって、帰る時は徹も弘美もぐずって大変だったなぁ……」

村川は、充血した目から流れ出る水分を口から発泡酒で補給すると、写真立てと灰皿を手に取り、リビングへ向かった。

ガラス製のテーブルにそれらを置き、ソファーに深く腰かけると、マイルドセブンに火を点けた。もう、換気扇の下で吸う必要はない。

写真立てに煙がかからないようにしたのか、癖がまだ残っていたのか、村川は天井に向けて煙を吐いた。

「私にできること……」

ある決意をした。


秋、国王の間――。奥の机に座る国王は険しい表情で、部屋に入ってきたばかりの小早川に問いかけた。

「どうだ？　犯罪件数は」

小早川は国王の右側に立つと、ファイルを広げた。

「前年より七三一二件減です」

「そうか。では、続行だな」

国王は机に視線を落とすと、頬杖をついた。まだ慣れない義手が軋んだ。

「しかし国王。犯罪件数でいうこの七三一二件など、はっきり申し上げて誤差のようなものです」

ファイルを閉じた小早川は、諭すように言った。

「その数字が誤差かどうかは、射殺法を続けることで分かるであろう」

『誤差』。そんなことは言われなくとも分かっていた。しかし納得がいかなかった。

なぜ減らない？　これだけトリガーが『裁き』を下しているというのに……。

国王は黒い長髪をクシャリと掴んだ。

「しかし、続ければ支持率はより下がるでしょう。ただでさえ現在の支持率は、射殺法施行以前の五割ほととなってしまっております」

小早川は事実だけを、冷静に伝えた。

国王は体勢を変えず、眼球のみを小早川に向ける。

「票取りのために、私が意見を変えると思うか？」

「思いません」

「では、来年のトリガー志願者を募れ」

迷いはない。

「……分かりました」

小早川は、国王の横顔に我が子を見るような優しい目を向け返事をすると、白い口髭を摘《つま》むように触りながら部屋を出ていった。

閉まる扉の音が、普段より大きく感じた。

一人になった国王。心底、分からなかった。

悪い奴が死ぬ。何がいけないんだ……。

背負うように後ろに飾られた、自身が反乱軍だった時の巨大な肖像画。椅子ごと振り返って見上げた。

「なあ、何とか言ってくれよ……」

十二月三十一日、午後十一時四十分。村川家のリビングは、以前では想像もつかないほど散らかっていた。

潰れたビールの空き缶。空のペットボトル。ゴミで膨れたコンビニ袋。山盛りになった灰皿。足の踏み場もない。

唯一無事であるソファーに座り、村川は、無精髭をポリポリと掻いた。

「本当に、私が選ばれたのだろうか？」

その答えは、右手の中のベレッタが証明していた。

ソファーテーブルのわずかなスペースにベレッタを置くと、さっきしまったばかりのマイルドセブンと百円ライターを、Ｙシャツの胸ポケットから取り出した。

「皮肉なものだ。息子を殺した男と感覚が近いということか……」

吸い過ぎて味など分からなくなった煙を吸い込み、キッチンの天井でチカチカと目障りに点滅する蛍光灯の方向に、煙を吐き出す。

今から自分がやろうとしていること。それを成し遂げたところで、徹は帰ってはこない。そんなことは百も承知だ。しかし、こんな私でも……父親だ。

テーブルの上の灰皿に、タバコを押し込んだ。何本かこぼれ落ちたが、どうでもよかった。

隣接する家から、楽しげな新年の挨拶が聞こえる。年が明けたようだ。

テーブルの上のベレッタ。フロントサイトの赤ランプが、青に変わった。

村川はベレッタを手に取ると、キッチンカウンターの家族写真に狙いを定めた。

新年を祝う爆竹とは比べ物にならない爆発音――。

写真立ては勢いよく回転しながら、キッチンマットの上に落ちた。

放った弾丸は狙い通り、写真の中の村川を撃ち抜いていた。

「ロックは、解除されているみたいだな」

周りの家々が静まり返ったことなど気にもせず、和室へ向かった。

一度ベレッタを畳の上に置き、観音開きの洋服ダンスを開ける。

徹から父の日にもらった、紺にグレーのラインが入ったネクタイ——。今でも一番取り易い位置にかかっている。

「このダメ親父に、力を貸してくれ」

それを締めた。

グレーのスーツの上着を羽織りしゃがみ込むと、ベレッタを手提げかばんにしまった。

玄関マットに腰を下ろし、靴を履く。立ち上がり上体をひねると、二階の方を見上げてゆっくりと頷いた。

「さて、行くとしよう。あの男の所へ……」

村川は鍵もかけずに出ていった。


元日、午前九時十七分。新宿警察署。廊下に『捜査一課』と書かれたプレートが掲げられた部屋——。

普段なら慌《あわただ》しく大声や電話のコールが飛び交っているが、元日ともなると静かなものだった。

塗装の剥げかけたドアから最も遠い、窓側の角の席。寝転ぶように座る三上は、椅子ごと体を右側に向け、丁度目の高さにあるくたびれたテレビを見ていた。

どのチャンネルに合わせても、国王の演説が中継で流れている。

「新年早々、国王もご苦労なことですね」

向かいの席に座る西村は、顔だけを画面に向け、自分のデスクの上で爪切りをしながら言った。普段通りの大きさで発した声が、他の人間のいない部屋によく響く。

「ご苦労なのは俺らだろ」

青いネクタイを弛めっ放しの三上は、腕組みをほどき足元に置いた電気ストーブを『強』にすると、また元の体勢に戻った。

三上が動く度、くたびれた椅子が軋む。

「ほんと、ついてないですよ。元旦から事件番なんて……」

西村は爪切りに溜まった爪を、アルミの灰皿の上に落とした。

「元はといえば、三上さんのせいですよ？」

爪切りを折り畳んで引き出しにしまうと、デスクの上に置いているソフトケースからマルボロを取り出し、火を点けた。

「なんでだよ」

三上は画面を見ながら足を組んだ。

「そうに決まってるじゃないですか。凶悪犯ほとんど撃ち殺しちゃって。『これじゃあ、取り調べもクソもあったもんじゃない』って署長カンカンでしたよ。……まぁ、三上さんには直接言えなかったんでしょうけど……。だからトリガーじゃなくなった途端に、腹いせに事件番やらされてるんですよ。いわば僕は、巻き添えってやつです。あーあー。実家でゆっくり過ごしたかったなぁ……。そんなささやかな楽しみを奪うなんて、三上さんは人でなしだ……」

西村は下を向き、ため息と煙を同時に吐いた。

「何言ってんだよ。悪いのは奴らだろ。大体なぁ、仮に、仮に俺のせいで事件番やらされてるとしても、俺からしてみればタバコをやめようとしてる人間の前でプカプカ吸ってる奴の方が、よっぽど人でなしだと思うけどな」

画面を見たまま、今度は頭の後ろで手を組んだ。

「何ですか。その理屈」

西村は口調を強め、口を尖らせた。

「慰謝料だ。一本よこせ」

三上はそのままの体勢で、左手だけを西村に差し出した。

「意味がまったく分からない……」

西村は渋々、三上の手の平にジッポライターと、あと三本しかないうちの一本を載せた。

すぐに手は引っ込み、五秒後にはジッポライターだけが戻ってきた。

顔を上げる。満足そうに煙を吐き出す三上の横顔――。

西村はジッポライターを握り締め、意を決して口を開いた。

「言っときますけど、最近僕より吸ってますからね？　やめるやめるって、言うのは自由ですけど、いい加減自分で買って下さいよ。僕の方がお金きついんですから。三上さんのはねぇ、もはやもらいタバコじゃないんです。強盗です。略奪です。山賊で――」

横から浴びせられる正論に都合が悪くなった三上は、デスクの角に今にも落ちそうに置いてあるリモコンを掴むと、テレビに向け音量の『＋』ボタンをしばらく押し続けた。

立ち上がって恨み辛みをぶつける西村の声を、国王の声が上回った。

「昨年の犯罪件数は、一昨年より減少した。私はこれが、射殺許可法の成果だと信じている。無論ゼロまでは程遠いが、しかし、続けてゆけば必ずこの日本が、犯罪ゼロの国になる日が訪れるであろう。国民よ。年が明けた今、しっかりと心に刻んで欲しい。もうすでに、新しいトリガーが身の周りにいるかもしれないということを――」

テレビの大音量がかき消していたのは、西村の怒声だけではなかった。

捜査一課のドアが開く音。二人ともそれに気付かず、三上はテレビを、西村は三上を見ていた。

ドアから入った中年男は、真っ直ぐに三上の背中へと歩いていく――。

三上は画面を見続けている。

ようやく男の姿が視界に入った西村が叫んだ。

「――かみさーん！」

わずかにテレビの音量を上回った。

タバコぐらいでうるさい奴だ。

マルボロをくわえたまま左を向き、西村を見た。何かを叫びながら、背後を指差している。

三上はその指が差す方向に従い、振り返った。

轟く爆音――。

マルボロの先から、長く連なる灰が落ちた。

「……」

その爆音は、テレビのスピーカーからだった。

三上は立っていた中年男を放置し、テレビ画面に向き直った。

国王の額から鮮血が――。高い鼻で二手に分かれ、滴り落ちている。

国王は頭をフラフラと前後させると、後ろに倒れた。画面にはそのまま演台だけが映し出されている。

三上は珍しく目を剥《む》き、無音になった画面をただ見続けた。

と、中年男が様子を窺いながら言った。

「あのー。さっき切られた切符の罰金を払いたいのですが……」

青い紙を持ったまま、二人の顔を交互に見る。

「あ、ああ。すいません……」

三上同様、銃声を聞きテレビに釘付けになっていた西村は、中年男のことなどまるで忘れていた。

「それでしたら交通課へお願いします。ここを出て左へ進んで下さい」

丁寧な言葉にも、動揺が滲み出ていた。

「そうですか。失礼します」

中年男は白髪頭を下げると、出口へ向かった。

ようやく事態を把握した三上は、背もたれに突き飛ばされたように立ち上がると、タバコをくわえたまま中年男を追い越した。

「ちょっと、三上さん！　事件が起きたらどうするんですか！」

慌てながら三上を目で追う。

「バカ。立派な殺人事件だろ」

西村を横目で見ると、三上は足早に部屋を出ていった。


演説会場――。

長方形の巨大なホール。椅子のない客席にひしめく民衆。テレビクルー。政府関係者。誰もが声、表情、思考力を失い、倒れた国王のいる方向を見ていた。

世界から音が消えたような静寂――。

その中でただ一人、冷静な男がいた――村川。

客席の最前列、国王の真正面で、両手でしっかりとベレッタを握り、構えている。

村川は、まだ銃口からゆらりと煙を吐くベレッタをゆっくりと下ろすと、右手からそれを放した。

コンクリートの床とベレッタが奏でる鈍い音。

それは、音を失った世界に響き渡った。

音の発信源に注目が集まる。

村川はふらりと背後の出口へ踵《きびす》を返すと、上着の胸ポケットから電子手帳を取り出し、床に捨てた。

客の一人がパチパチと手を叩く。それを追うように数人が手を叩く。その拍手はみるみる広がり巨大化すると、やがて地響きのような大歓声に変わった。

国王が、前国王坂本を射殺した時とよく似ていた。

出口の方へ村川が一歩踏み出すと、海が裂けるように道ができた。

ステージ袖にいた小早川は、国王の屍に駆け寄ると膝をつき、上体を抱き起こした。

まるで、ただ眠っているかのような死に顔――。

小早川は涙を浮かべながら、出口に向かう村川の後姿と大歓声を上げる民衆を見下ろした。

当然といえば、当然なのかも知れない。この法によって家族や恋人、友人、知人が命を落とせば、憎むようになる。彼らの苦しんでいる姿を見た者、聞いた者も、きっと多かれ少なかれ、同じような感情を抱くのだろう。

小早川は、国王の顔に視線を戻した。

どうやら今の世の中では、君の考えは、純粋過ぎたようだ……。

国王の顔の固まりかけた血を、小早川の涙が少し溶かした。


――悪い奴が死ぬ。何がいけないんだ……――

十数分前、ステージ袖――。白いストライプが入った黒スーツに身を包んだ国王は、ステージに続く階段を一歩一歩上っていた。

口を開きかけた原田を制し、小早川は、思いつめた表情で国王を見上げた。

「……この演説、中止しましょう……」

コッコッと規則正しく鳴っていた足音が止む。

二十段ほどの階段。丁度真ん中あたりで、国王は一段上に左足をのせたまま、振り返った。

小早川の隣には原田。どちらも険しい表情を浮かべている。

「なぜだ？」

小早川に問う。

「会場の最前列に、トリガーがいます」

答えたのは原田だった。

「それが、どうした？」

国王は表情ひとつ変えずに言った。

そう、こういう男なのだ……。トリガーがいることを知ったところで、やめるわけはない。分かっている。だから報告が今になった。しかし、今回ばかりは、言わないと後悔する気がした。

小早川は、ゆっくりと視線を床に落とした。

相反して、原田は愕然としている。

「私が創った法により、私がどうなろうが、それは仕方なかろう」

国王の口調からは、一切の迷いが感じられない。だからこそ納得のいかない原田は、声を荒げる。

「しかし国王！　もし万が一、国王の身に何かあったら！　この国は――」

「村川だったな。奴が私を『悪』だと思うのならそれでよい。私とて例外ではないのだ。いいか原田、自ら定めたルールを捻《ね》じ曲げるのは、私にとって死よりも苦痛なのだ」

国王は諭すように言った。

原田は悔し涙を浮かべ、岩のような拳を壁に叩きつけた。

「まぁ、私の命を狙う者がトリガー以外だった場合、その時は原田、お前を頼りにしているぞ」

「……勿体ない御言葉……」

強くまぶたを閉じ、大粒の涙を流す原田は、胸にかけていた無線機を取り口に当てると、嗚咽を噛み殺しながら言った。

「総員、トリガーには……手を出すな……。しかしそれ以外だった場合、全力で国王をお守りしろ」

無線を切った瞬間、角刈りの大男とは思えぬ声を上げ、泣き喚《わめ》いた。

「……では、どうぞご無事で」

気を取り直し軍服の袖で涙を拭った原田は、震える手で敬礼をすると、持ち場へ向かっていった。

「ああ」

原田が視界から消えるまで、国王は優しい目で見送った。

大事なことを忘れていた。これでこそ国王、冴木和真なのだ。

ようやく顔を上げた小早川は、笑みを浮かべ口を開いた。

「今からでも遅くありません。やはり中止にしましょう」

国王も、口に笑いを含んでいる。

「その言葉で、私がこの階段を下りると思うか？」

「思いません」

「……」

「……」

二人はしばし見つめ合うと、堪《こら》えていた笑いを一気に解放した。涙が出るほど笑った。腹がよじれるほど笑った。

互いに大きく息を吐き、呼吸を整えた。

「では」

目尻の涙を手の甲で拭《ぬぐ》った国王は、ステージに向き直ると、コツコツと小気味のいい音を鳴らし、階段を上っていく。

見上げる小早川の目には、出会った頃とは比べ物にならないほど逞《たくま》しく見える国王の後姿が映っていた。もはや祈るしかなかった。トリガーが、国王の命を狙ってこの会場に来ているわけではないことを。そしてどうあれ、またこの階段を、国王が無事に下りてきてくれることを。

あと数歩でステージといったところで、国王は立ち止まり、振り返った。

「今までずっと、俺のこと助けてくれてありがとう。小早川さん」

国王としてではなく、人間としての言葉。

澄んだ目でそれだけを告げると、国王はまるで子供が学校へでも行くかのような軽快な足取りで、ステージへ出ていった。

小早川は、色々な種類の涙を忙しく流す瞳にハンカチを当て、ただひたすら無事を祈った。

村川は、もう生きて帰ることはないだろう、と思っていた自宅に戻った。

点けっ放しだった電気。その効果も、太陽の光に打ち消されている。およそ英雄の家とは思えぬ散らかり様。

ソファーに、飛び込むように横になった。

あの大歓声も、村川にとっては、実に価値のない代物だった。

息子に許してもらいたい。ただそれだけが望みだった。かといって、今日自分のしたこと、それで許されるとも思ってはいない。しかし少なくとも、もう徹や自分のような目に遭う人間はいなくなった。これで、あの世で徹と会った時、この顔を殴る力を、少し緩めてくれるような、そんな気がした。

はずした銀縁眼鏡を床に放した。疲れきった体をソファーに任せ、ひとりでに閉じようとするまぶたに従う。

……が、チカチカと点滅するキッチンの蛍光灯の音が、耳障りに眠りを妨げる。

村川はため息をつくと体を起こし、眼鏡を拾ってかけ直した。

「よいしょ。替えちゃうか……」

立ち上がると、上着を脱ぎ捨て、伸びをした。

ソファーの背の方向にある、押し入れの扉を滑らせる。

替えの蛍光灯はすぐに見つかったが、脚立が見当たらない。和室にもないはずだ。ダイニングチェアーでは届きそうもない。

しばらく考えた末、村川は思いついたように、二階へ向かった。

考えてみれば、もう何年も足を踏み入れていない、徹の部屋。ドアを開け、中に入った。

家族で相談し、そのままにしておこうと決めた部屋を見渡す。為になるような本など一冊もない、大好きだった漫画ばかりの本棚。そこに入りきらない、今にも崩れそうに積み上げられた漫画の塔。木製の床に直接置かれた小型テレビ。そのテレビに接続されたままのゲーム機。その隣に堂々と置かれた、数枚のアダルトDVD。青いカーテンの隙間から日射しを受ける、安物のパイプベッド。畳む気など一切感じられない、洋服の数々。ペール缶のゴミ箱に乱暴に入れられた、カップラーメンの器、割り箸。

すべてが微笑ましかった。

「さてと、脚立はあるかな?」

Yシャツの袖を捲り、奥へ進む。リビングに負けず劣らず散らかった部屋に血の繋がりを感じながら、村川は左手にある収納スペースの扉を滑らせた。

二段に分かれた上の段は、服しかないようだ。しゃがみ込み、下の段を覗き込む。一番奥に脚立が見えた。

と、その手前には見覚えのある箱。顔を近付ける。

十年前、徹に贈ったラジコンの箱……。

収納から、一度顔を抜いた。後ろめたさと懐かしさが闘いを始める。……懐かしさが勝った。村川は、箱を取り出し床に置いた。

「これ買うのに、小遣い全部使っちゃったっけ……」

微笑みながら呟くと、両手で側面を挟み、少し持ち上げた。スポーツカーのイラストが大きく描かれたボール紙の蓋から、白い発砲スチロールが徐々に顔を出し、床に落ちた。

蓋を隣に置いた。ダイヤル式のリモコンと、黒光りする本体を取り出し、眺める。

リモコンが重い。……電池が入っているようだ。スポーツカーは……タイヤが、砂や埃で汚れている……。

「……なんだ……遊んでくれてたのか……」

村川は、強くつぶったまぶたから涙を流しながら、それらをそっと抱きしめた。

一階に下りた村川が持っていたのは、脚立ではなかった。

家具、空き缶、ペットボトル、ゴミの入ったコンビニ袋、こぼれ落ちた吸殻――。散らかったリビングも、いまや走り甲斐のあるサーキットだ。

ソファーに座る村川の隣には、笑っている徹の遺影。

慣れない手つきでリモコンを握り、何年振りともいえる嬉し涙を流しながら、偶然できたサーキットに、黒いスポーツカーを走らせた。

巻き戻った時間の中で、様々な歳《とし》の徹と、言葉を交わした。

三上和真

都内の住宅街の中にある、二階建ての新築。『三上』と書かれた表札。せまい庭には自転車、三輪車。どちらも仮面ライダー仕様である。

プラズマテレビに映し出される仮面ライダーを、食い入るように見つめる幼い兄弟――和真、和也。次回予告が終われば、決まって仮面ライダーごっこが始まる。が、二人とも悪者役をやりたがらないので、二人の父和彦が、問答無用で悪役にされた。

「和也、悪者だ！　やっつけるぞ！」

「おー！」

「ははは！　かかってこい」

情け容赦のないパンチ、キックが浴びせられる。

「うわっ！　いて！　やめろ！　参った！」

うずくまる和彦。

「いいぞ、二人とも！　やっつけちゃえ！」

キッチンでカレーを作りながら、その様子を微笑ましく見守る母、香織。

両親と子供二人。ごく普通の幸せな家庭だった。が――。


「ただいまー」

夕方、和也と公園で遊んで帰ってきた和真は、いつものように玄関のドアを開けた。

大きく見開いた和真の目に飛び込んできたのは、胸から血を流し仰向けに倒れる母の姿――。小さな手で母の肩を揺らし、まだ状況が掴めぬままの和也。

「おかあさん、ねてる」

和真はパニックに陥りながらも、懸命に隣家に駆け込み、助けを求めた。数分で救急車が駆けつけた。が、手遅れだった――。


水道工事を装った強盗殺人事件だった。和真八歳、和也三歳の時だった。

この時すでに、幼いながらもある気持ちが、二人の心に根を張っていた。

悪者は実在する。そいつらを、全滅させる。

しかし、残念ながらこの世界には、『ヒーロー』という職業は存在しない。

二人は警察が、それに近いのではないかと思った。

「悲しんでも、犯人を恨んでも、母さんは帰ってはこない。だから二人とも、早く忘れるんだ」

和彦は、そう言い聞かせながら、男手ひとつで二人の息子を育てた。


そして母の死から十五年後。和真は国家公務員一種の試験に合格し、高校三年の和也は翌年から警察官になることが決まっていた。傍から見れば、深い悲しみを見事に乗り越えた立派な家族。

しかし、三人のうち誰一人として忘れることなどできなかった。

金欲しさに家族を殺した男が、ブタ箱の中とはいえ生きている。

時が経つにつれ、憎悪は消えるどころか、膨らむ一方だった。


『我慢』の洗面器から顔を上げたのは、和真と和也だった。

今までの努力を溝《どぶ》に捨てることなど、惜しくはない。自分の人生と引き替えにでも、落とし前をつけてやる。

二人は、刑務所に潜《もぐ》り込み『あの男』の息の根を止める計画を立てた。が、その動きを見逃さなかった和彦は二人を論した。

「奴をなぶり殺しにしてやりたいのは俺だって同じだ。でも、引き替えにしなければならないのは、自分の人生だけじゃない。自分以外の二人の人生もろとも棒に振ることになる。だから、犯罪者にはなるな」

和彦の言葉に、二人は冷静さを取り戻した。が……。

――あの男を殺してしまうと『犯罪者』になる――

当然のはずなのだが、二人の心に、とてつもない違和感が広がっていった。

何の恨みもないのに、母を殺した男。そいつを殺すことのどこが、『罪』なのだろうか？

そして悟った。

法律とは別に、善悪が存在する。

警察に入ってしまっては、この矛盾を消し去ることは不可能。何か別の、絶大な力が要《い》る。力を得るには金が要る。金を得るには……。

和真は裏社会に身を投じた。弟に、一枚のメモを残して。

「俺は一旦、表の世界から消えることにした。この先、やり方はそれぞれ違ってしまうが、どっちが多くの『悪者』を倒せるか、勝負だ。なに、お前に迷惑はかけない。身内に犯罪者がいるから警察をクビになる、なんてことにならないようにうまくやるから安心しろ。じゃあな」

その後、和真は『外道』と判断した者から金をむしり、殺した。やがてその武装勢力は拡大し、日本が国王制になった頃には、クーデターを起こしてそれを成功させるほどの力を持つことになる。

残されたメモを読んだ和也は、怒りを感じた。しかしそれは、兄のやり方が気に食わなかったからではなかった。

なぜ俺を誘わなかった？　コケにしやがって……。

和也は勝負に乗った。

こうして、『悪者を全滅させる』という気高き目的を心に宿したまま、兄は反乱軍のリーダーとして、弟は刑事として、勝負を続けていた。

やがて和真は国王となるが、父と弟が面倒なことにならぬよう、そして、母の無念を忘れぬよう、母の旧姓『冴木』を名乗った。

終章

「ちょっと三上さん！　事件が起きたらどうするんですか！」

「バカ。立派な殺人事件だろ」

警察署を出た三上は、正面の階段を駆け下りた。

右手に停まっている銀色のローレルに、飛び込むように乗り込んだ。

エンジンがかかると同時に走り出すローレル。タイヤが悲鳴を上げる。

左手でハンドルを握りながら、右手でパトランプを屋根に載せた。

車も人も、極端に少ない元旦の道路。演説会場に向かって、限界までアクセルを踏み込んだ。

冷静ではいられなかった。実の兄が、死んだのだ……。

――お兄ちゃん！　仮面ライダー始まるよー！――

――おっ！　あぶね。見逃すとこだった。一緒に見ようぜ――


――兄ちゃん、ここ教えて？――

――おう、見せてみ？　…………自分でやらなきゃ宿題の意味がないだろ――

――何だよ！　分かんないだけだろ？――

――いや、お前のためだ――


――和也、どうしたその顔――

――ああ、なんか同じ学校の奴が高校生に金取られそうになってたから、助けようとしたらさ――

――何だよそれ！　連れてけ。そんな奴ら、俺が半殺しにしてやるよ――

――もうやったよ――

――ははは！　さすが弟――


――やっぱり、母さんを殺したあの外道――

――殺しに行くか――

――おっ、話が早いな――

――でもあのクソ野郎、塀の中だからなあ――

――まあ、どうにかなんだろ――

――なあ、兄貴。どうやら俺、勉強は向いてないらしい――

――お前……今頃気付いたのか？――

――うるせーな！　……だから俺、一足早く警察入るわ――

――そうか。……なあ、和也。俺達の目的を達成するには、警察に入るしかないのかな？――

――何言ってんだよ！　今さら――

――……そうだよな……――

会場に着いた。三上は建物の前に広がるスペースで、ブレーキペダルを踏みつけた。

後輪を滑らせながら停車するローレル。

エンジンも切らずに外へ出た。酷使されたタイヤが熱ダレを起こし、ゴムの焼けた匂いが、三上の鼻をついた。

警備の都合上、一箇所しかない出入り口。会場警備に当たっていた警察官や政府関係者によって場外へ誘導された客、テレビ関係者が、ぞろぞろと吐き出されている。

その流れに一人逆らい、三上は兄の亡骸《なきがら》を目指し走った。

刑事でもあり、トリガーとしても『沢田事件』で政府に貸しのある男を、止める人間はいなかった。

「マジびびったよ！　撃ったの、前の方にいたオヤジだろ？」

「そうだよ！　最後、目の前通ったじゃん！」

「やべー。握手してもらえばよかったわー」

興奮状態で出口へ向かう客達。相反して、舞台上は悲しみに沈んでいた。

演台の後ろで国王の屍を抱く小早川を中心に、原田をはじめ軍服やスーツ姿の者達が、円を描くように立ち尽くしている。

ようやく人の濁流を抜けた三上はスピードを上げると、左右にある階段など使うことなく、ステージに飛び乗った。

何人かは三上に頭を下げたが、ほとんどの者が国王を見つめたままだった。

「これだけ揃いも揃って、あんたら何やってんだよ」

三上は呼吸を乱しながら、全員の顔を見渡した。

国王の顔を見つめたままの小早川。下唇を噛み締め、滝のように涙を流す原田。他の者達は三上から目を逸らし、うつむいた。

「何とか言ってみろよ！」

珍しく声を荒げた。

三上の怒声に、皆一斉にまぶたをきつく閉じた。と、小早川が真っ赤に充血した瞳を、三上に向けた。

「申し訳ありません……。すべてお話しします……」

気持ちを切り替えるように、嗚咽混じりの息を大きく吐くと、小早川は穏やかな口調で語り始めた。

国王を射殺したのがトリガーであったこと。そのトリガーに一切手を下さなかったのは、国王の意志であったこと。そのトリガーである村川という男は、前年のトリガーに息子を殺された、つまり、三上が殺した人間の父親であったことを――。

三上の顔から、表情が消え失せた。

自分の放った弾丸が、回り回って兄の頭を撃ち抜いたのだ……。

――どんな悪人であろうとも、家族がいます――

……もし、あの時、自分が考えを変えていたら……。

三上の胸を、見えない何かが貫いた。

「あなたが血の繋がった兄弟だということを私が聞いたのは、三日前でした。おそらくあの時すでに、死を覚悟していたのでしょう。……思い返してみれば、国王は去年のトリガーを選ぶ際、測定した自分のグラフにそっくりなあなたのグラフを見つめ、嬉しそうに笑っていました」

小早川は、静かに眠る国王の顔に視線を戻すと、笑みを浮かべた。

「この射殺法。勿論、犯罪ゼロを目的とした法です。トリガーの選別方法も、合理的だと思います。しかし、その選別方法の中には、もう一つ目的があったように、今の私には思えるのです。これはあくまで私の憶測に過ぎませんが、国王は確かめたかったんじゃないでしょうか？　あなたが昔のまま、変わってしまっていないかを……」

舞台上、すすり泣く声が音量を上げる。

見開いていた三上の目が、うつろになっていく。

「……」

ぐらりと踵《きびす》を返した三上。力ない足取りで階段を下りると、もう誰もいなくなった客席をふらふらと歩いていく。

兄の亡骸に、触れることはできなかった。まだ、受け入れたくはなかった。

小早川は舞台上から、その後姿を見送る。

国王は気付いていたのだろうか？　電子手帳の刻印、『凶』。それは、トリガー自身にも、もたらされるということに。

外へ出た三上の目の前には、駆けつけた数十台のパトカー。無数の赤い光が、瞳孔を目障りに突き刺した。

なんだよこれ。悪いのは…………………誰だ……。

三上はフラフラと、どこへ向かうでもなく歩き続けた。

——その後、臨時政府が発足すると同時に、国民投票が行われた。

新国王に選ばれたのは、元トリガー、毛利であった。全国民が憤りを感じるような凶悪犯のみに引き金を引いてきた毛利は、元々人気があった。それに加え、「トリガーであった自分を含め、射殺法は間違いであった」と説き、射殺許可法自体に嫌悪感を示す国民の票も獲得し、安定した票数を維持したまま当選した。

客席から大歓声が浴びせられる中、前国王が射殺された現場である舞台上で、新国王、毛利の演説が始まった。

舞台中央に置かれた演台。毛利は、細身の銀縁眼鏡を人差し指でクイと上げると、口を開いた。

「まず、私を選んで下さった国民の皆さん。心よりお礼申し上げます」

深々と頭を下げる毛利に、惜しみない拍手が送られた。

ゆっくりと頭を上げた毛利は、少しずれた眼鏡を人差し指で戻した。

「前国王は間違っていました。それは、トリガーであった私も同様です。しかし、トリガーになったからこそ分かったのです。射殺許可法は間違いです。あんなもので、犯罪をゼロになどできるはずがありません」

客席の民衆は、地響きのような歓声を上げた。

相反して、毛利の意向によって政府に残された小早川、原田は、前国王を完全否定する毛利の言葉を舞台袖で聞きながら、奥歯を噛み締めた。『辞職』の二文字が、頭に浮かんだ。

毛利は演台に両手の平を叩きつけ、収まらない大歓声を制した。

静まる会場——。

「では、どうすれば犯罪をゼロにできるのか……。私の答えはこうです。来月、二月一日より、各区市町村に一名ずつ、トリガーを配置します」

日本中が氷結した。

「以上です」

毛利は眉ひとつ動かさずに言ってのけると、眼鏡を指で上げ、ステージを下りた。

舞台袖。ポカンと口を開ける小早川、原田。毛利は二人の間を通り抜けたところで、立ち止まった。

「私は、前国王の大ファンでしてね。言っておきますがお二人とも、『辞職』など認めませんよ？」

不敵な笑みを浮かべて言うと、歩き始めた。

「支持率なら御心配なく。犯罪さえ減ってゆけば、国民など黙るものです」

二人は唖然としながら毛利の後姿を見送ると、顔を見合わせた。


深夜、三上は繁華街を抜け、ひと気のない夜道を歩いていた。

真冬の凍てつくような風が、黒いロングコートの裾を跳ね上げる。

闇と静寂の広がる線路のガード下。丁度真ん中辺りまで歩いた。

と、徐々に明るみを増す前方のアスファルト。その中に三上の影が長く伸びていく。

背後からヘッドライトを浴びせたのは、フルスモークの白いベンツ。猛スピードで三上を追い越した。

太く薄いタイヤが、悲鳴を上げる。白のベンツは三上の行く手を遮るように停車した。

ドアが一斉に開いた。車を降りたのは三人の男。一人。パンチパーマに口髭、白いスーツ。二人目。黒い短髪、紫色のスーツ。三人目。目にかかる金髪、ジーンズにスカジャン。

運転をしていた金髪の男は、唯一閉まったままの、後部座席のドアを開けた。

光沢する黒い革靴。白のロングコート。首にひっかけただけの、グレーのマフラー。左目を跨《また》ぐ刀傷。

オールバックにセットした長髪。男はゆっくりと車を降りると、懐《ふところ》から茶色のタバコを取り出し、口にくわえた。

金髪の男が頭を下げながら、両手で持ったライターで火を点けた。

四人は、三上の前に半円を描くように立ちはだかった。

「お前か。うちの下の組潰してくれたのは」

ドスのきいた低い声で言い切ると、刀傷の男は大きく煙を吐いた。

「威勢がいいのは結構だが、ヤクザ殺して金まで持ってトンズラされたんじゃ、生かしておくわけにはいかねぇ。こっちにもメンツってもんがあるからな」

指先でタバコを叩き、灰を落とした。

……どうやら、食堂から金をむしっていたヤクザの本家であろう。

「すぐに埋めてやろうとも思ったんだが、こっちの世界も人手不足でな。余計な死人を出したくないもんでよ。お前が丸腰になるのを待つことにしたってわけだ」

確かにもうベレッタはない。そして勤務外の今、コルトパイソンも署で保管されている。

刀傷の男は茶色のタバコを地面に落とすと、踏みにじった。

「お別れの時間だ。……殺《や》れ」

三上に怒声を浴びせながら、金髪の男、紫色のスーツの男がドスを、パンチパーマの男がトカレフを懐から抜いた。

「試し撃ちには丁度いいか」

三上は、左手でロングコートを開いた。腰にはサブマシンガンがぶら下がっている。名はMP5－KURZ――通称クルツ。SWATなどでも採用されている、H&K社MP5シリーズの中でも最小モデル。

腹の前で構えると、口角を上げた。

「今回はマシンガンらしいぜ？」

ド迫力だった四人の顔から、表情が消え失せた。

小刻みに連なる爆音。咲き続ける火花。ストロボを浴びたように姿を現す壁の落書き。アスファルトの上で飛び跳ねる薬莢の群れ。砕け散る窓ガラス。四人の体は意思を無視して踊り狂った——。

地面に落ちた最後の薬莢が、心地の良い金属音を奏でた。

銃口からゆらりと立ち上る一筋の白煙。血の海に浮かぶ四体の屍。

三上はフォアグリップから左手を離すと、歩きながら、熱を帯びるクルツを肩に担いだ。

地面に尻をつき、ベンツに寄りかかっている刀傷の男。その前でしゃがみ込むと、元の色など分からないほど赤く染まったコートの内ポケットを、片手で探った。

茶色のタバコが入った血まみれのソフトケースには、貫通した弾丸の跡。

「……無事なのは二本だけか」

持ったままヒョイと上げると、顔を出した、無事だったうちの一本をくわえ、立ち上がった。

「どうせまた吸うのだから」と、西村に持たされた百円ライターを取り出し、火を点けると歩き出した。

アスファルトに刻まれていく赤の足跡——。

ガードを抜けると立ち止まった。夜空を見上げ、大きく煙を吐いた。

何があろうと人なんて、そう変わるものじゃないな。

ふと、クルツに視線を移した。

「しかしこれ、夏とかどうやって持ち歩いたらいいんだ？」

END

板倉俊之（いたくら・としゆき）

１９７８年1月30日生まれ。埼玉県出身。東京吉本総合芸能学院（東京ＮＳＣ）第４期生。お笑いコンビ「インパルス」の主にボケ担当、コントの作・演出を手がける。お笑い番組「はねるのトびら」「エンタの神様」「ザ・イロモネア」等で人気を集める。テレビドラマ・映画『エリートヤンキー三郎』、映画『ニセ札』等に出演するなど、俳優としての活躍もめざましい。

トリガー

2009年7月5日 初版第1刷 発行
2009年12月12日 第5刷 発行

著 者 板倉俊之
装 画 髙橋ツトム
装 幀 井上則人
編 集 藤井 豊
発行者 孫 家邦
発行所 株式会社リトルモア
〒一五一－〇〇五一 東京都渋谷区千駄ヶ谷三－五六－六
電話 〇三－三四〇一－一〇四二 ファックス 〇三－三四〇一－一〇五二
info@littlemore.co.jp http://www.littlemore.co.jp

印刷・製本 図書印刷株式会社

ISBN 978-4-89815-270-6 C0093